梅の香に

高瀬美代子

海鳥社

題字　松尾敦子

序　梅が香によせて

森　弘子

財団法人古都大宰府を守る会の機関誌『都府楼』創刊号が発刊されたのは昭和六十一年三月のことであった。昭和四十三年から始まった本格的な大宰府史跡発掘調査の成果をはじめとして、当時における最新で最高の大宰府研究の成果を一般の方々に知って頂くべく開講された「大宰府アカデミー」が修了してから一年、その後の成果を継続的に一般の方々へお知らせするとともに、古都大宰府を愛する多くの人びとの交流の場とすることを目指して、小誌発刊を思い立ったのであった。

学者や発掘技師への原稿依頼は容易いが、さて一般の方はどなたにお願いしようかと考えた時、一番に頭に浮かんだのが、大宰府アカデミーの会会員の髙瀬美代子さんであった。髙瀬さんは児童文学誌『小さい旗』の同人で、当時はお住まいの団地で「子どもたちに良い本を」と、熱心に文庫活動をなさっていた。「髙瀬さんならば、とかく堅くなりがちの小誌に、一服の清涼剤というか、ホッとするあたたかい部分をつくってくださるだろう」と、とにかく「好きなように書いて下さい」とお願いした。

それから二十二年、実に三十三回の長きにわたって連載して頂き、この度「棟の花は」の一篇を加えて『梅が香に』として纏められ、出版の運びとなった。

その一篇一篇のどれもが、梅が香のように馥郁とした文章だと思っていたが、こうして纏まってみると、第Ⅰ章「梅が香に」は、古都太宰府のすばらしい風物詩として太宰府の尽きぬ魅力を語ってくれるし、第Ⅱ章「風のいろ」は、なつかしい日本の民俗誌として、私たちの心に大切な贈り物を届けてくれる。

おいくつになられても、純でみずみずしい少女のような感性を持ち続けておられる髙瀬さんの魂は、何気ない日々のつつましい暮らしの中にも、過去へも、未来へも自在に往き来し、そこで出逢ったことを魔法のようにすばらしい文章にして紡ぎ出してみせられる。しかもそれが、徹底した取材と調査の上に立っているのだから、驚嘆の極みというほかない。海鳥社の別府さんのお目にとまったのも宜なるかなである。

髙瀬さんの取材の旅には私も度々ご一緒させて頂いた。そんな時、いつもご主人信一郎さんのやさしい笑顔があった。時には運転手となり、時にはカメラマンとなり。この本はこのメルヘンのようなご夫婦の合作といっても過言ではないのかも知れない。

幸せな暮らしの中から生まれたこの本は、きっと読む人を幸せにすることであろう。

梅が香に◉目次

Ⅱ　風のいろ

I

梅が香に

鬼すべ

一月七日、天満宮の鬼すべが始まる夜九時頃ともなると、周囲の山々や樹々の間から、冷気が暗黒の衣の襞《ひだ》と共に降り立ち、鬼すべ堂の周りにひたひたと押し寄せてくる。闇と厳しい寒気は、やがて繰り広げられる炎の儀式へのプロローグなのであろうか。それにしても寒い。だるまのように着ぶくれていても、足元からじんじん寒さが上ってきて、頭のてっぺんへキーンとつきぬけそうな感じである。

天満宮の氏子の男たちが、昔からの役割に従って鬼、鬼警固、燻手《すべ》に分れ、勇壮に争うこの祭は、千年もの昔に始められたという。

荒縄で縛り上げ、堂内に閉じこめた鬼を燻《いぶ》すために、堂の前に積み上げた藁と青松葉に火がつけられ、大団扇《うちわ》であおがれた炎が高く舞い上ると、祭はクライマックスに達する。「鬼《おん》じゃ。鬼じゃ」と吠えたてる叫び声。鬼警固が板壁を打ち破る音。燃えさかる炎と黒煙は、男たちの熱気をいっそう煽り、大松明《たいまつ》は狂ったように暴れ廻る。

激しい攻防の末、鬼は燻し出され、杖で打たれ、豆を投げつけられて、この鬼払いの儀式は終りとなる。

祭の最中、朱漆の鬼面を振りかざした人の、何とも温和な人なつっこい顔がちらと目に映った時、その意外さは私を鬼の世界へと誘いこんだ。

これほど仮借なきまでに打ちのめされて追い払われるその鬼とは、一体何なのであろうか。

その昔、人々はオニというモノにどんなイメージを描いていたのだろうか。

たそがれ時から、かわたれ時までの幾層にも重なり合い、溶け合った巨大な暗闇。その暗黒の果てしない広がりと、底知れぬ深さ、逃れる術のない重さ——こうした暗闇そのものへの畏怖が、オニを産み出したのではないだろうか。

そして、時と場合によりオニはさまざまに姿、形を変えて人の住む世界に現れ、人を怖れさせ脅かし続けてきた。

このオニへの恐怖の念が強ければ強いほど、オニへの仕打ちは容赦なく残酷なものとなる。

かつての疫病の鬼を払う追儺《ついな》の儀式は、やがて節分の豆まきとなって、鬼と人間とのかかわりも少しずつ変わり始めた。

去年、「鬼は外」と追い出したはずの鬼は、またいつの間にか、のこのこと家の中に入りこんで、折角迎え入れた福の神に代わって、すまして坐りこんでいる。

角を生やした赤鬼、青鬼の厚かましさ、しぶとさに業を煮やしながらも、人々はいつかこの鬼共との争いを楽しみ始め、これら恐ろしき異形の輩に、哀れみと親しみさえ感じ始めていた。

節分の夜、家々から追われて、行き場のない鬼たちのために小屋を建て、鬼を迎え入れる村の話を聞いたことがある。

村外れの小さな堂に、逃げまどって転びあちこちに瘤や擦り傷をつくった大鬼、小鬼たちが辿り着き、ああ、やれやれ、とくたびれ果てて眠りこけている様を、ふと思ったりする。

そしてまた、いつか絵本で見たユーモラスな光景を思い出す。

節分の豆をぶつけられて泣いているちっちゃな小鬼を、兄さん鬼がかばって、

「なんで泣かすんだよー」

と、人間の子供たちに文句をつけている図である。

そこに、もはや闇はなく、穏やかな午後の光が感じられる。

今や、人間はその周囲の闇を取り払うことによって、その昔、暗闇の彼方と人間界を自在に往き来した恐るべき鬼を追放し、或は手なずけ、遊び仲間にさえしてしまったように見える。

けれども、ほんとうに闇は失われ、鬼は追放されてしまったのであろうか。私たちが気

づかないだけで、暗闇は厳然と今も在り、鬼と人との争いも絶えることはないであろう。

祭の後、興奮の潮が徐々に引き、静寂と寒気が再び辺りを覆い始める。

帰り道、生い茂る木立の暗がりで、泣きじゃくる幼い声を聞いたような気がした。

「おとうちゃんが、また、人間どもに、いじめられたよー」

梅が香に

冷え込みがひときわ厳しくなる寒の頃。

太宰府天満宮の「飛梅」は、春にさきがけ、また、境内の約六千本の梅にさきがけて花開き、早春の香を漂わせる。

菅公の「東風ふかば……」の歌に感じて、都から飛んできたという伝説もよく知られていて、梅の頃には特に参詣の人が多く、斎垣《いがき》に囲まれた「飛梅」の傍での「はい、ポーズ」というのも見なれた風景である。

古代、中国から渡来した梅は、ハイカラな文化の薫り高いものとして人々の心を惹きつけ、『万葉集』には一一九首も詠まれている。この頃の梅は白い花だったようで、平安時代になると紅梅が渡来し、賞美されたと聞く。

菅公が、五歳の頃に、

うつくしや紅の色なる梅の花阿乎《あこ》が顔にもつけたくぞある

と詠んだという話が伝わっているのも、当時の梅、特に紅梅に寄せる貴族や都びとの好みを表しているのだろう。

今や、梅は日本の風土にすっかり溶けこんで、寒中の白梅の凜とした風情も、紅梅の馥《ふく》郁《いく》たる香も、春を待つ私たちの心を和ませる。

また、菅公・天神伝説の中には、梅に関するものがかなりあって、天神さまと梅とのかかわりの深さを示している。

太宰府天満宮の神紋は梅の花を象《かたど》ったものであるが、各地の天満宮にもそれぞれの梅花紋がある。

ところで、梅の頃になると、私は菅公の二人のお子、隈麿《くままろ》と紅姫《べにひめ》のことを想う。

それについては、太宰府には次のような伝説がある。

菅公は、配流《はいる》の身となって筑紫に下る時に、父を慕う幼い隈麿と紅姫だけは連れて行くことを許された。謫居《たっきょ》での辛い日々には、愛らしい子供たちが心の支えであり、慰めでもあったが、幼い隈麿は翌年病に罹り急逝した。

謫居跡とされる榎社の近くの小高い丘には、「隈麿之奥津城《おくつき》」として祠があり、傍らには墓を見守るように、六弁の花をつける白梅の古木が立っている。

一方、紅姫のことはわからないままだが、「紅姫の供養塔」といわれるものが、隈麿の墓の近くと、榎社の境内にある。

とすれば、紅姫もやはりこの地で亡くなったのであろうか。

やんちゃでかわいかった弟の突然の死。

その上、病がちだった父も弟の後を追うように世を去った。都でのそれとは打って変わったみじめな暮らしでも、父や弟といつも一緒なればこそ忍ぶこともできたものを。母や兄姉たちとも遠く離れ、筑紫にたった一人残された紅姫の悲しみ、心細さはいかばかりであったろう。

紅姫のその後については、菅公に仕えていた白太夫《はくだゆう》が、紅姫を連れて、土佐に流されている長兄の高視卿《たかみ》のもとに向かったという話もある。しかし、私が先年訪れた土佐では、紅姫については全く何も語られていなかった。


ようよう明けそめた河内の土師《はじ》の里。道明寺《どうみょうじ》（土師寺）の奥の一室で、文机に向かって一心に写経をしている尼僧の姿があった。戸を開け放った部屋には、冷気と共に清しい梅の香が満ちている。

「まあ、まあ、こんなに早くから……寒くはありませんか」

背後で老尼のやさしい声。

「いいえ、少しも。こうして父上がお好きだった梅の香に包まれておりますと、今も父上のお傍に居るようで心が安らぎます」

筆を置き、振り向いたうら若き尼僧の面差しの何と清らに美しいこと。

――まこと、若い頃の父君の聡明な面立ちにそっくりで、母君の美しさもそのままに受けついでいらっしゃる。

覚寿尼《かくじゅに》は、今更のように、あまりにも突然だった道真の理不尽な左遷を、かの切ない別れの悲しみを思い出し、道真の亡きあと、紅姫を預かるようになってからの年月を思う。

――世が世であれば、この姫は、今頃は……いや、思うまい、思うまい。それもこれも、みな、み仏の御はからいなのだから。

「ま、風邪をひかぬよう気をつけてお励みなされ。それにしても、また一段とお手のあがられたこと」

「いえ。とても、とても、まだまだでございます」

目を伏せ、羞じらいの色を浮かべる横顔は、ほころびそめた紅梅の蕾《つぼみ》のように、ふっくらと初々しい。老尼はその肩にそっと手を置き、慈しみの眼差しを注ぐ。

春浅き庭に――ふと、梅の香が濃く流れて……。

庭を掃き清める音が静かに朝を告げていた。

椿の寺

椿——国字で、木偏に春と書く。

確かに、春の喜びを伝える木である。

春を待ちわびる頃、つややかな葉に囲まれた椿の固い蕾が次第にふくらみを増しているのを見ると、そこに満ちてくる生命を、力を感じる。

それは、遙か記紀・万葉の時代からずっと日本人の心情《こころ》に流れ続けた思いでもある。

例えば、『古事記』では、天皇をほめたたえる歌に「都婆岐《つばき》」の神聖な美しさを言い、『日本書紀』では、土蜘蛛を討つ武器を「海石榴《つば》樹《きのき》」で作ったと述べている。

古代において、霊力が宿る神聖な木として崇められた椿は、邪鬼を払う正月の卯杖《うづえ》として用いられ、正倉院の宝物にも遺されている。

これらの椿は、日本原産のヤブツバキであろうか。

日本の各地には椿にまつわるさまざまな伝説があるが、それも、霊木である椿への信仰と考えられる。

その一つに、筑紫野市にある古刹《こさつ》、武蔵寺《ぶぞうじ》には次のような話が伝えられている。

昔、御笠郡《みかさ》武蔵村《むさし》に藤原虎麻呂という長者が居て、辺り一帯に権勢をふるっていた。ある時、山口村の木屋町《こや》の山あいに夜ごと怪火が現れたので、虎麻呂が退治に出かけて、怪火を矢で射止めた。

翌朝、そこに行ってみると、矢は椿の大木に刺さっていた。それは、薬師如来の宿る霊木で、怪火は、如来の示現であったという。

そこで、虎麻呂はお告げに従って、その椿で薬師如来と十二神将の像を造り、寺を建てて祀った。

これが「椿花山《ちんかざん》武蔵寺」の始まりである。

以前、寺には椿花山の名にふさわしい椿の老大木が本堂を守るように枝を広げていた。もうかなり樹勢が衰えてはいたが、それでも年ごとに花を咲かせていた。

ある年の春、武蔵寺に詣で御手洗《みたらし》の柄杓に手を伸ばした時、一輪の椿が、すっと御手洗の中に……。あ、と目をあげた私の瞳を眩しい光が射た。

水面《みなも》に浮かぶ花は、ただ静かに深い紅《くれない》を宿していた。

その木は、惜しくも数年前に枯れてしまったが、武蔵寺では「最後の花を冷凍していますよ」と見せて下さった。

雄しべの一部が小さな花びらの形になっている肥後ツバキの変種とのことで、紅が少し沈んだ色になっていたが、ふっくらと豊かな女人の姿を思わせる美しさだった。

今、武蔵寺ではその椿の若木を育てておられるが、実生の木もかなり大きくなって、花をつけている。

昨年の三月に京都を訪ねて、京の寺院に椿が多いのにあらためて気付いた。

高台寺にも多くの種類の椿があって、手入れが行き届いていた。ここの塔頭《たっちゅう》の一つ、月《げつ》真院《しんいん》は、かつて椿や萩の名所として知られていた。

ここに、私がずっと逢いたいと思っていた有楽《うらく》椿がある。

有楽椿。

織田信長の十三歳下の弟、織田有楽斎《うらくさい》（長益）の邸から移し植えられた、といわれる。

戦国の世の修羅無惨の只中を生きた有楽斎は、穏やかだが意志強く、時の権力に従えども阿《おもね》ることとなし、と伝えられている。

その彼が愛でた椿とは？

月真院の塀の内に、菰を巻いた五メートル程の椿の大木が二本、堂々と葉を茂らせていた。

通りに面した格子戸の脇にその若木があったが、この年は花が遅く何とも残念だった。

しかし、萼がびっしりとついていて、そのふくらみが花になる日を思った。

日本のヤブツバキと中国のツバキを親に持つとされる有楽椿は、写真で見ると、中輪の淡い桃色の花で、どこかワビスケに似ていた。


ここが一番落ち着く。

茶室「如庵《じょあん》」に坐す有楽斎。

兄、信長の激しさに怯えた幼い日から、秀吉、家康の天下取りの一部始終を見据えてきた歳月。今は〝自然の在るがままを良し〟として生きる日々である。

もう、庭の椿も咲きそめている。

花芯の辺りにほんのりと差した紅は、乙女の羞じらいに似ていとおしい。

人も花も、限りあるいのちを生きるもの。

すべては、一期一会であった……。

黄昏の静寂の中で、有楽斎はひとり、茶を点《た》てていた。

弥生の宴

その年の春の訪れは、ためらいがちであったが、思いがけず麗かな日和の日曜日、太宰府天満宮の曲水の宴をゆっくり拝見する折に恵まれた。

五分咲き、七分咲き、満開もあり、と思い思いに花をつけた紅梅白梅の曲水の庭。
緋毛氈《ひもうせん》に坐る十二単衣の姫君、女房、衣冠束帯の公卿、官人たち。
まだ冷たい風が緋毛氈に、ゆるやかなめぐりの水に、花びらを散らしている。
神官の祝詞によって、穢《けが》れを祓《はら》い、宴の始まりが告げられる。
梅の小枝をかざし舞う巫女《みこ》たちの初々しさ。
烏帽子をつけた白拍子の艶やかな舞姿。
雅楽のひびき、琴のしらべは、想いを雅《みや》びの物語の世界へといざなう。
やがて、朱の盃に酒が注がれ、梅の形の台にのせられて流れを下りはじめる。
短冊に歌をしたため、盃を飲み干す殿上人。風流であること、雅びであることにひたすら心を傾け、それが貴族の誇りでもあり、また世に出る術でもあった人々。

早春の陽に眩しい絵巻の庭に、時は、いかにもゆったりと過ぎゆき、献詠が朗々とうたいあげられる。

黒髪ゆたかに背にながれ、襲《かさね》の色目もあでやかな姫君の姿は、少女の日に百人一首で見た憧れの女人《ひと》そのままである。

その頃、滑らかな言葉の美しさにひかれて覚えたのは、殆どが恋の歌であったが……。

今日の催しを見物しようと竹垣の周囲に、後ろの山、向こうの崖にもおびただしい人の数である。

けれど、奈良・平安の昔にこの華麗な宴を、庶民は垣間《かいま》見ることさえ許されなかったのではないだろうか。孜々《しし》として働き続け、貴族社会を支えていたのは、むしろ名もなき民《たみ》人《びと》であっただろうに。


宴の翌日、きのうの穏やかさが嘘のような激しい冷えこみであった。

曇った空から、雪が花びらのように舞いおりる。

舞を舞い、舞に舞われて、梅も共に花びらを遊ばせる。

しんと閑《しず》かな、紅梅白梅の庭。

頬にふれた雪の感触は、わたしに、雛人形のひきこまれるような白さと冷たさを想い起こさせた。
年ごとの雛の節句に、母と一緒に雛段を飾り、遊び、終わればまたひとつ、ひとつてい
ねいに箱に納めていた、わたしのおひなさま。
敗戦後のある日、お米と引き換えに、どこかに連れ去られた雛人形たち。
あれから、もう何十年もの時が流れた。
母も世を去った。
私はひとり、心の中に緋毛氈をいっぱいに広げ、ずっと記憶の櫃《ひつ》にしまいこんでいたわ
たしのおひなさまを並べた。
お内裏さま。
包んであった紙をそーっとはがすと、ほっそりと白いお顔。つややかなお髪《ぐし》。
たった今、お目ざめになった涼しい目元。
三人官女の緋の袴。
黒塗りの小さなお道具の数々。
牛車《ぎっしゃ》をひく牛の肌ざわりが、ふと、あたたかい。
五人囃子《ばやし》たち、もう用意はできたかしら。
さあ、灯りをつけましょ、ぼんぼりに。
雛の宴のはじまりです。

そう、あのぼんぼりは、淡い水色で、うすもも色の花びらが散らしてあった。

とめどなく溢れ出る想いのように、雪は、またひとしきり舞い、受けた手のひらの中で、

静かに透き通っていった。

花と散りにし

四季折々に風情のある四王寺山（大野山）は、桜の頃は殊に美しい。

ほんのりと、淡い紅色《べにいろ》の靄《もや》が山を初々しく包みはじめると、花は、私を何百年もの昔へと誘う。

太宰府天満宮近くの、浦《うら》の城《じょう》橋から四王寺林道を登ってゆくと、四王寺山の中腹を過ぎた辺りに「岩屋《いわや》城跡」がある。

ここは、天正十四（一五八六）年、攻め寄せる島津の大軍と大友方の高橋紹運《じょううん》勢とが壮絶な戦を繰り広げた所である。

林道の右手には城の本丸跡、左手には二の丸跡が残っている。

高橋紹運は、豊後国吉弘鑑理《あきまさ》の二男として生まれたが、後に筑前の高橋家を継いで、宝《ほう》満《まん》と岩屋の両城主となり、高橋鎮種《しげたね》と名乗り、後年、紹運と号した。

因みに、天正十四年は、信長が安土城を築いてから十年後に当たり、また秀吉が九州を平定する前年であった。

この年の七月十四日から総攻撃を開始した数万の島津軍は、対する八百足らずの高橋勢の智略と勇敢な応戦に苦しめられた。

しかし、さしもの高橋勢も遂に力尽き、七月二十七日、全員が城を枕に討死した。

紹運三十九歳の夏であった。

太宰府市には、紹運ゆかりの寺、西正寺《さいしょうじ》がある。

その由来については——紹運は、家臣の藤内左衛門尉《とうないさえもんのじょう》重勝《しげかつ》に、家中の菩提を弔うことを命じ、城を脱出させた。重勝は、落城後に庵（樗庵《ちょあん》）を結び、紹運以下七百有余人の霊を祀った。

後に岩屋山西正寺となり、今も七月二十七日には子孫の方々が集まって、「岩屋忌」の法要が行われている。

時代を遡った七世紀後半、四王寺山には朝鮮式山城の大野城が築かれた。

その大野城の大宰府口城門跡の西側に、石を積み上げた小高い所があって、「石こずんばば」の伝説がある。

岩屋城の堅固な守りに攻めあぐねた島津方は、里の老婆に金を与えて水口に案内させ、水の道を断った。

落城の後、里人は、裏切り者の老婆を捕らえ水場のそばに引き据えて、頭から大小の石を積み重ねて生き埋めにした。

この近くに今もささやかな水の流れがある。

しかし、実は、この石積みは大野城の石垣の一部であって、岩屋城時代のものではないのだが、高橋紹運への土地の人々の心寄せが偲ばれる話である。

大野城の土塁沿いやその近くには三十三体の石仏がある。その由来について、一説には岩屋城の戦の双方の戦死者の霊を鎮めるためともいわれている。

今、本丸跡に立てば、眼下に大宰府政庁跡、観世音寺、家々の建ち並ぶ平和な町が見える。二の丸跡には、紹運の墓と岩屋城戦没者の碑がある。


あれは何年前のことだったろう。

四王寺林道の桜のトンネルをくぐって、紹運の墓所への道を下りていった私は、あっ！と立ち尽くした。

まるで、空の彼方から溢れ湧き出るように、花吹雪が辺りを満たしていた。

散り続ける花は、墓の周りにも道にも、やさしい色の絨毯を敷きつめている。

しっとりと地に散り敷いた花を踏み荒らすのは、何とも切なくて、墓所の外から拝んで帰る時、ふと「幸若舞《こうわかまい》」の『敦盛《あつもり》』の謡の一節《ひとふし》が、耳の奥で響いた。

「人間五十年　下天《げてん》のうちをくらぶれば夢まぼろしのごとくなり」

信長が桶狭間の戦に赴く時に謡い舞った、と言い伝えられているくだりである。

戦国武将たちに好まれた「幸若舞」の、そこはかとない哀愁を帯びたゆるやかな節回し。

「一度《ひとたび》生をうけ滅せぬ者のあるべきか」

常に、生と死の狭間にあって、武士の義と人間の情の間で揺れ動いていたであろう男たちの、柔らかな心の襞《ひだ》に触れる思いがする。

下剋上《げこくじょう》、さらには肉親でさえも互いに危《あや》めることもあった戦国争乱の世は、それぞれが己と一族の命運をかけて、苛酷な生き様を強いられた時代でもあった。

時移り、所変わっても、人は、尽きることのない哀しみを背負って生きねばならなかった。そして、今も。

穏やかな春の夕暮れ、かつての修羅無惨の地に、寂《しず》かにふりそそぐ花吹雪。

「夢まぼろしのごとくなり……」

すべての美しさと儚さそのもののように、花は舞い、花は散る。

それは、この世でありながら、この世の外《ほか》の眺めのようでもあった。

観世音寺

観世音寺の五月。

この寺を訪れ、ひととき、緑の風に心をそよがせ、宝蔵庫におわしますみ仏にお会いするのが、樟若葉の頃の楽しみである。

樟の大木は、両側からドームのように頭上を覆い、若葉の波はうねり、ふっと静まり、また大きくうねりながら風になって空に満ちる。

この木々が立っているずっと下の地層にも、かつては樟の大樹の林があって、その根が吸い上げた時といのちを今、この若葉は生きている。

空へ空へと、若緑の手を広げて、あらん限りの力で生きている。

平安時代から鎌倉時代造とされるこの寺の仏像の多くが樟でつくられているというのは、意味深いことだと思う。

その昔、大自然の中を悠々と生きてきた樟のいのちは、いにしえの人々の篤い信心に依って、み仏の姿となり、今もここにおわします。

悟りを開かれた如来。悟りへの道を求め、衆生に救いの手を差しのべて下さる菩薩。み仏の大らかなお姿とおだやかなお顔を見上げていると、不思議な安堵感がわく。

遠い昔からの、人々の絶えることのない祈りや願いを受けいれ、何もかも包みこんで下さるような大きさ、慈悲のお姿。み仏は、そのお姿を通して、我々が見ることのできない遙かな世界への導きをなされてきたのであろう。

けれど、慈悲のみ仏の中にあってなぜか心惹かれるのは、兜跋毘沙門天《とばつびしゃもんてん》である。火焔を背に立つ戦の神の忿怒《ふんぬ》の表情。怒りは、いっぱいに引きしぼった弓のようにからだにみなぎり、眼《まなこ》に、唇にあふれようとする。

その怒りをじっと押しとどめている激しい力。

夏の日の雷鳴の轟きにも似た爽快な怒り。

それは雷鳴のすさまじい響きに身ぶるいした幼い日へとつながってゆく。けれどもその恐ろしさは、一種の清冽な光となって、心のうちを貫いた。

天の滝のように、庭に屋根に叩きつける雨足。おでこをぴったりとガラス戸につけて見ていると、激しい雨が、顔を、からだを、からだの中までも洗い流してしまうような震えを感じた。

夕立が止み、忽ちに晴れ上がって、ひんやりした風が辺りを掃き清めてゆく時の何という爽やかさ。

毘沙門天を見つめていると、かつての素朴な感動がよみがえり、清《すが》しい風が流れる。

毘沙門天は、四天王のうち、北を守る多聞天の別名である。

古代インドでは北方の守護神であり、また財宝の神として尊ばれた。兜跋毘沙門天は、特に王城鎮護の本尊として、唐から日本にも伝えられたという。

兜跋毘沙門天の足元には、二鬼を従えた地天がゆったりと坐し、猛き毘沙門天をしっかりと支えておられる（地天は毘沙門天の妃の吉祥天《きっしょうてん》であるともいう）。

そう、吉祥天も、この像の斜め向かいに立っておられる。ふくよかな面《おも》ざし、豊かなお姿は気品と女人《にょにん》の香気に満ちていて、唐代の佳人を見るようである。ほのかな白粉と紅の跡が、その昔の美しさを偲ばせる。

吉祥天は、インド神話では、福祥を司る女神であったという。

――妃の吉祥天は、毘沙門天の傍らにお立ちになればよいのに……。

私はずっとそう思い続けていた。ところがある時、鞍馬寺の毘沙門天には、妃と太子が両脇におられると知ってとても嬉しかった。

その夜、嬉しさのあまり私の念《おもい》は鞍馬の山の深い杉木立をくぐり、闇を駆けぬけた。

平安京の北の守りに、小手をかざして彼方をにらみ、立ち続ける鞍馬の毘沙門天。

その右脇侍に妃の吉祥天、左脇侍に太子の善膩師《ぜんにし》童子。

そのがっしりと幅広い肩の力がふとゆるみ、きびしいまなざしが和んで、愛くるしい瞳の童子に注がれる。

静かに寄り添っておられる妃の、かすかに朱の残る唇からもれるやさしい息づかい。

天部の神々のこんなにも和やかな情景に、凡夫の性《さが》はつい口走ってしまった。

「ずいぶん長いことお務めご苦労様。でも単身赴任でなくて、ほんとによかったですね」

破顔一笑の豪快な笑いが、暗間《くらま》（鞍馬）の闇に谺《こだま》した。


やがて時代が下ると、毘沙門天と吉祥天は、財宝、福徳の神として共に七福神の仲間に入られ、宝船にお乗りになって、庶民の初夢の中に賑やかに現れたりなさいました。

楝の花は

『万葉集』といえば、誰もがその中の歌のいくつかはそらんじているほど、私たちには親しみ深い歌集である。

日本最古の歌集は、二十巻・四五一六首を収めた壮大なものであるが、植物を詠みこんだものが多い。

樹々に、その花に、野辺の草や花にも、万葉びとは思いを込め心を託していた。花を愛で、その盛りを喜び、散るを惜しむ思いを、そのまま人生と重ね合わせていた古代の人々。

私が太宰府の地に住むようになって出逢った万葉の植物の一つに楝《おうち》（あふち）がある。天満宮の境内の「お石茶屋」の楝の大木。

五月、すっきりと晴れた空に大きく枝葉を広げ、その梢に薄紫の小さな花が群れ咲いていた。

――ああ、これが。

飽かず見上げながら、ずっと前から好きだった歌を口ずさんだ。

妹が見し楝の花は散りぬべしわが泣く涙いまだ干なくに

（巻五・七九八）

楝は「センダン」の古名で、高さは一〇メートル程にもなるという落葉高木。初夏に五弁の小さな細長い花をつける。秋には、つややかな小さい黄色の実が成り、それを薬用とした。平安時代には、五月五日の節供に、邪気を払うショウブやヨモギと共に、芳香を放つセンダンの花を薬玉《くすだま》にして飾ったという。

清少納言は『枕草子』の中で「木のさまにくげなれど、楝の花いとをかし。かれがれにさまことに咲きて、かならず五月五日《さつきいつか》にあふもをかし」（三十五段）と述べている。

また平安時代の襲《かさね》の色目《いろめ》の中で「楝」は表に淡紫、裏に青（緑）の夏衣となっている。ついでながら、諺の「センダンは双葉より芳し」に出てくる「センダン」は、実は、ビャクダン科の白檀《びゃくだん》（香木）のことである。

「妹が見し……」の歌に詠まれた「妹」は大伴旅人《おおとものたびと》の妻、大伴郎女《いらつめ》である。

神亀五（七二八）年頃、旅人が大宰帥《だざいのそつ》として赴任する際に伴ってきた妻は、この地に着いて間もなく病死した。老年の旅人にとって、自分より年若い愛妻の死は、痛恨の極みであっただろう。しかも都を遠く離れた土地で。

その他にも親族の不幸が重なり、悲哀に打ちのめされた旅人。

世の中は空しきものと知る時しいよよますます悲しかりけり　（巻五・七九三）

こう詠んだ旅人の悲傷《かなしみ》に、ひたと心を寄せたのは、山上憶良《やまのうえのおくら》であった。筑前の国守《くにのかみ》であった憶良は、「日本挽歌」と題する長歌一首と反歌五首を旅人に献じた。その反歌の中の一首が、先にあげた「妹が見し……」の歌である。

これらの歌は憶良が旅人の心になってその悲嘆を歌いあげた形になっている。しかし、私には憶良自身の人生の、さまざまな悲哀と苦悩がそこに重ね合わされているようにも見える。

旅人と憶良、この二人の出会いによって、天離《あまさか》る鄙《ひな》と呼ばれた筑紫に、万葉の歌の華がみごとに開いた。いわゆる「梅花の宴」である。

天平二（七三〇）年正月十三日、旅人の邸で開かれた宴で、格調高い「序」と梅花の歌三十二首が詠まれた。

主人である旅人の歌。

わが園に梅の花散るひさかたの天《あま》より雪の流れ来るかも　（巻五・八二二）

旅人は、六十七年の生涯に七十首余りの歌を残しているが、その殆どが筑紫で詠んだものである。

その身に降りかかった悲傷や亡き妻を恋う思いが、彼の歌ごころを目ざめさせたともいわれるが、何とも切ない気がする。

天平二年十一月に、旅人は大納言に任ぜられ、十二月、急ぎ京へ帰ることになる。

いよいよ出立の時、児島という遊行女婦《うかれめ》が別れを惜しんで水城《みずき》の堤で詠んだ歌がある。

凡《おほ》ならばかもかもせむを恐《かしこ》みと振りいたき袖を忍びてあるかも　（巻六・九六五）

倭道《やまとぢ》は雲隠りたりしかれどもわが振る袖を無礼《なめし》とおもふな　（巻六・九六六）

これに和《こた》えた旅人の歌二首。

倭道の吉備の児島を過ぎて行かば筑紫の児島思ほえむかも　（巻六・九六七）

大夫《ますらを》と思へるわれや水茎の水城の上に涙拭《のご》はむ　（巻六・九六八）

多くの見送りを受けて、懐かしい京へと帰ってゆく旅人。

筑紫の娘女《おとめ》は身分を弁え、隅の方でそっと袖を振っている。

いつの世にも変わらぬ人の情《こころ》が、千二百年余の時を超えて伝わってくる。

楝については、憶良の絶唱とも言うべき「妹が見し……」より十年以上経って、旅人の子である家持《やかもち》、書持《ふみもち》の兄弟が歌を詠み交わしている。

珠に貫《ぬ》く楝を家に植えたらば山ほととぎす離《か》れず来むかも
大伴宿禰書持（巻十七・三九一〇）

この歌に報《こた》えて、兄の家持は、

ほととぎす楝の枝に行きて居《ゐ》ば花は散らむな珠と見るまで
（巻十七・三九一三）

と詠んだ。この二首は、多感な少年であった家持と書持が、筑紫での母の死の悲しみと母への追慕の念を、ずっと心に抱いていたことを語っているように思われる。

まあ、これはこれは、このようにむさ苦しい所へお越し頂きまして。

児島という名で宴の席に侍って居りましたのは、それはもう――とうの昔のこと。

旅人さまがいつも賞めて下さった黒髪にも、このように霜をいただいておりますれば。

今は、川のほとりに、静かに暮らす嫗でござりまする。

はい、それでも旅人さま、憶良さまのことは、つい昨日のことのように覚えております。

筑紫に来られた旅人さまは、京の雅びと、いかにも名門のお方らしい気品を湛えておられました。けれど、大宰帥としての凛とした気概もお示しになられて。

とはいえ、大切な奥様を亡くされ、また色々と難しいお仕事もおありのようで、何かとお気の晴れぬことも多かったかと……。

時には、かなり御酒を過ごされることもございましたが。

宴のさなかに、ふーっと大きな息を吐き、遠くを見ておられることもしばしばで。

そのような時、憶良さまはただ静かに控えておいででした。

お二人は、お立場を超えて、お心が通じ合っておられたご様子でした。

憶良さまは、とても真面目なお方でしたが、時々は真顔で面白いことをおっしゃって皆さんを笑わせたりなさって。

ま、こうしてお話しておりますと、さまざまのことがまるで回り灯籠のように浮かんで参ります。

うかれめ、あそびめと呼ばれる私にも、旅人さまは、いつも優しくお心をかけて下さいました。

お別れは、それは、とても辛うございました。

折角、京へ帰られたのに、その翌年にはご他界されたと伺いました。

また憶良さまも、その後京へ戻られましたが、旅人さまの二年後には亡くなられたとのことでございました。

きっと、あちらでは、心置きなく歌を詠み交わしておいででございましょう。

いつまでお話していてもきりがございませんね。

あ、そうでした。楝を訪ねておいでになったのでしたね。

はい、この少し先にも何本かございます。

大伴郎女さまにはお目にかかってはおりませんが、まるで楝の花のようにかぐわしい、控えめなお方だったとか。

丁度、今が花の盛りでございますよ。

さ、ご一緒いたしましょうか。


初夏の風にしなやかにそよぐ楝の花は、淡い紫の霞のように、また雲の上で楽を奏でる菩薩の天衣《てんね》のように、軽やかにひろがっていた。

仄かにただよう清々しい香り。

私の心はいつか、遙かな昔へといざなわれ、風に散る細やかな花びらは、いにしえびとの涙のようであった。

光明寺

五月半ばの日ざしは、まぶしく汗ばむほどであった。

光明寺の廊下にひとり立つと、楓《かえで》のお庭がさわやかな色で迎えてくれる。

五月の緑はやさしい。薄緑から、少しずつ深まってゆく緑へと、この季節の緑はだまって人を迎えいれるやさしい調べに満ちている。

楓の若葉の、やわらかな薄緑。

それは、羽化したばかりの蟬の羽が、初めて飛び立とうとする時のように、透きとおって風にふるえている。

こんなにもたくさんのいのちが、生まれ出たことの悦びと小さな不安で揺れている。

重なり合った枝々の間をくぐりぬけた光は、白い砂と緑の苔の上に影を結ぶ。

多くの禅寺の庭がそうであるように、この「一滴海之庭」も、宇宙の象徴なのだろうか。

宇宙――測り知れないその時間と空間、そこに無数のいのちが生まれ、滅ぶ。

そして、また新たないのちの芽生えがある。

深く息を吸うと、胸のうちに広がる静寂。

何年か前、このお庭の楓が紅葉《もみじ》の盛りの頃、訪れたことがあった。

秋の日を受けて、絢爛と輝く紅葉の美しさは、まさに自然の織りなす見事な錦であった。

その時、言葉を失ってただ見とれていた私の頭に浮かんだのは、「もみぢの錦　神のまにまに」ということばであった。

それは「百人一首」にもある

　このたびは幣《ぬさ》も取りあえず手向山《たむけやま》もみぢの錦神のまにまに

という菅公の歌の下の句であった。

山々の樹木《きぎ》が、黄葉《もみじ》、紅葉《もみじ》の華麗な彩りに照り映えている様を思い浮かべながら、錦という織物に託した、いにしえの人びとの自然の美への憧憬を、私はその時、自らの感性にはっきり写し取っていた。

それは私にとって、非常な驚きであった。あわただしい日常にまぎれて生活している自分自身を、歴史の流れの中の小さな一つの点として、見出したのだから……。

そして、もみじといえば子供の頃の一場面が浮かんでくる。

障子貼りの日。指の先につばをつけて、ほんの少しあけた穴からのぞいて面白がったり。

破れにきれいな花びらの形に切り貼りしてあったり。

そんな障子を、さあきょうはいくら破ってもいいよ、と言われて興がっていても、こう天下御免ではすぐに飽きてしまって逃げ出してしまう。

やがて、骨だけになった障子がずらりと並び、真白な紙を手際よく貼っていく祖母たち。私は、廊下の糊の鍋や巻紙をよけて、行ったり来たりしながら、大人たちのエプロン姿をうらやましい思いで見ていた。

祖母は、仕上げにいつも、障子の引き手の所に、庭の赤いもみじの葉を一枚はさんだ。長い廊下の真新しい障子の白さは、目にしみるようであった。そして、もみじの葉の紅は、秋の日を透かして白のよそよそしさを軽くたしなめていた。

——もみじって、ほんとにきれい。

座敷に、お客様みたいにキチンと坐っている子供の目にそれは新しい発見だった。もみじをあしらうことは、祖母もその母、祖母から受けついだのかもしれない。

そう考えると、つましい日々の暮らしに美しいものをさりげなく取り入れ、活かしてきた人びとがとても懐かしく見えてくる。

文化の伝統とか伝承とか声高に論ずることもなく、美しいものを、美しいとして、黙って手から手へと伝えてきたのだろう。

それは、今の私には、とても大切な懐かしいものとして思い起される。

紅葉を、華麗な錦と見るのも、つつましい彩りとして扱うのも、それぞれに生きた人びとの心映えなのであろう。

それらは、どこか深い所で互いに結び合い、今の私たちにまでつながっているような気がする。

風が、夕暮れの色になった。

緑が、いっそうやさしい色合いに揺れる。

私は、限りなく開かれ、また限りなく閉ざされた時のうちに坐していた。

白藤

清水の井

観世音寺の裏を四王寺の山に向かって少し行くと、草木に囲まれた静かな佇まいの「清《せい》水《すい》の井」がある。

大きく枝を広げた榎に抱かれているような小さな池。

この湧き水の池はその昔から清冽、甘美な清水として名高く、観世音寺は「清水山」の号を持ち、『源氏物語』の玉鬘《たまかずら》の巻にも「しみずの　みてらの……」とあるように、都びとにも知られた名水であったという。

また、ここには観音菩薩と弘法大師の石像があって、「弘法水」として土地の人々に親しまれ、筑紫四国札所の一つにもなっている。

皐月初めの頃、木々の茂るに任せた仄暗い一隅に、白い藤の花房が、まるで天からの滝のように、清らかな姿を見せる。

紫の藤には艶《あで》やかな香気が漂うが、白い花はまた異なった気高さ、心にしみる優しさで魂に語りかける。

それは、如月に母を喪った年であった。

「今が丁度見頃ですよ」とのお誘いを頂いて、朝早く花に会いに行ったのは。

露を宿した白藤の花は、澄みきった朝の光を受けて、この上なく清らかな涙のように輝いていた。

あ、天からの涙。

私は、思わずそうつぶやいていた。

涙、天からの涙――それはたとえば観音菩薩の涙。救いを求める衆生への慈悲の涙。

決して、その御目から溢れることはないが、み仏のみ心の内をしずかに絶え間なく流れ落ちる慈悲の涙。

その想いが心を貫いた時、ふと、母の涙が思い出された。

私が八歳の頃のことであった。

母は、非常な難産の末、四人目の女の子を産んだのだが、その子は、遂に産声をあげず、この世の光を見ないままだった。

真新しい小さな布団に寝かされた赤ちゃんの顔は、お人形さんのように愛らしかった。

私は、ずっと横に坐って、その寝顔を見つめていた。どうしても、赤ちゃんは生きているとしか思えなかったのだ。

が、手伝いに来ていたおばさんが、母に小さなおしゃぶりを渡して言った。

「一度も、お母さんのおっぱいを飲まないなんて、あんまりかわいそう。せめて、このおしゃぶりにたっぷりお乳をつけて持っていかせましょうね」

母はおしゃぶりを握りしめ、声をあげて泣いた。

涙と白い乳が、母の身体からほとばしり溢れ、寝巻もシーツもびしょびしょに濡らした。

それまで大人は泣かないもの、と思いこんでいた子供の心に、母の嘆き、悲しみの深さをくっきりと焼きつけた涙であった。

涙を美しいもの、と知ったのも、その時だったかもしれない。

晩年の母は、入院、手術の繰り返しのうちにだんだんと現在《いま》を忘れ、過去の記憶の中で生きる日々を過ごしていた。見舞いに行った私を、自分の母親と思いこんで、

「会いたかった、会いたかったよー」

私にすがって、大粒の涙を流した。

八十年を生きた母は、その時、真っ直ぐに幼い日へ駆け戻っていた。その頬を伝う涙は、童女の無垢な涙そのものであった。

私は、子供をあやすように母の背中をさすり続け、こみ上げてくる熱い塊をひたすら呑みこんでいた。

天からの涙が、衆生への慈悲に満ちているとすれば、私たちの涙は、この世のさまざまな悲しみや苦しみのため、また愛しい人のために流す涙である。

そして、誰もが心の奥に涙の泉を持っているのは、天よりの賜物と言うべきであろうか。泉より溢れた涙は、悲しみを鎮め、いつか悲しみを癒し乗り越えるよすがともなろう。

時には悦びの涙もあり、またある時は、人は感動の涙によって心を洗われ、魂を蘇らせることもある。

その朝、清《すが》しい光に包まれた白藤を仰ぎながら、私の中にも静かに湧き出づるものがあった。

それは、たしかに、天よりの賜物であった。

千燈明

天満宮の千燈明を観に出かけた。すっかり暮れて星のまたたきが涼しげな夜八時。

心字池の周りに、中の島に、ろうそくの灯がともされる。

ひとつ、またひとつ、あかりは夜の闇にうまれ、それは〝せんとうみょう〟という言葉のやさしいひびきそのままにゆらめいている。

やがて一艘の舟が雅楽を奏しながら、ゆっくり池の面をすべってゆく。

楽の音もまた、闇とひそかに呼吸《いき》を合わせて流れる。

チロチロと無数の灯火がまたたき、それが池の面に映って、まるで池の底から小さな光たちが上ってきて水の面に漂い遊んでいるように見えた。

灯火というものが、こんなにも温かく懐かしい色合に光るものか、と忘れていたものにふと出会った気がする。

辺りの闇の濃さにつれて、灯火は輝きを増してゆく。

その灯火たちは、皆、息づきゆらめいている。たぶん、よき人の魂はこんなふうに温かくゆらめき、輝いているのだろう。

池の周りをそぞろ歩きながら、私の心に、あ、これは御霊《みたま》まつりだ、という思いがごく自然に湧いた。

遠く平安の世から続いているといわれるこの灯火の儀式に、その昔の人びとは魂の神秘さと美しさを見ていたのではないだろうか。

それは、神仏習合という概念をはるかに超えた、不思議な世界であったろう。

その昔、闇が厳然と存在したからこそ、こうした灯火の儀式に格別の意味を人びとは見ていたのであろう。

そういえば、子供の頃、闇がとても怖かった。人一倍臆病な子であったけれど。

あの頃、闇は得体の知れないものとして、測り難い大きさで確かに私の周りにあった。

あの怖さは、何だったのだろう。

森羅万象すべてのものがいのちを持ち、それらが闇の世界で一斉にめざめて立ち上がる、その巨大な圧力のようなものを、子供心に怖いと受け止めていたのかもしれない。

そして、そうした闇の怖ろしさをひしひしと感じていたからこそ、灯の温かさや懐かしさは、ひとしお幼心にしみたのに違いない。

あれは、いくつぐらいの頃だったのだろう。母に連れられて里帰りしていた夏だった。

村の鎮守さまの祭りの日、湯上がりに天花粉《てんかふん》をパタパタといつもより念入りにつけてもらい、新しい浴衣に新しい三尺帯を結んでもらった。ふっくりと大きな蝶結びを後手《うしろで》にさわりながら、自分がとても大人になったような気がした。

小さいお財布をしっかり握って、おろしたての下駄の鼻緒がきついのを気にしながら、手をひかれてお宮への夜道をツツッ、ツッと前のめりに歩いた。

いつもは黒々と静まり返っているお宮の森が、オレンジ色の光に包まれて、遠い闇の中にぼうっと浮かんでいる。その光の中から、賑やかなさざめきも立ちのぼって別世界のように美しかった。

今でも、お祭りという言葉を聞くと、天花粉の匂いと共に、お宮の森のあかりの懐かしい色合いがよみがえってくる。

小学生ぐらいの頃だった、と思う。遊びすぎて帰るのが遅くなった日、夕焼けがいつの間にか薄闇になって、その闇がやせっぽの女の子のからだにまといつくように、だんだん濃くなってゆく。ブルルッと身震いが出るその怖さ。

あちこちの家に、ポツン、ポツンと灯がともり、早くお帰り、早くお帰り、とせき立てるので、思わず駆け出している。

自分の家の灯を見てほっとすると、しっかり握りしめていた手が汗ばんでいた。

玄関の戸を開けるまでのほんのひととき、「こんなに遅くまで」と叱られるのを予想して、言い訳を考えるのに小さい頭の中は大忙しであった。

そうした記憶の中に、金木犀の香りがまぎれこんでいるから、たぶん秋の夕べだったのだろう。

今は、私たちの周囲からだんだんに、闇の深さも神秘さも、そして闇への畏れも消え失せてきている。

明るいこと——夜も明るいということは便利であるし、豊かさの象徴として喜ばれている。しかしそれは一方で、闇の対比としての灯のさまざまな情景に、心を浸す折も失われつつあるということかもしれない。

ひとつ、またひとつ、ろうそくが燃えつき、闇にすいこまれてゆく灯火に、私は幼い日の心のおののきを重ねていた。

榎社

もろ尼御前

ふだん人気のない社をいくつもの提灯が照らし、夜店の賑わいも立ちこめて、祭りの日の幼いときめきがよみがえる。

菅公謫居の跡、榎社（榎寺）。

天満宮御神幸祭の九月二十二日夜、王朝の雅やかなお行列を従えた菅公の御神輿がお下りになり、行宮《あんぐう》で一夜を過される。

境内の奥に小さな祠があって、御神輿はまずそこに奉幣《ほうへい》される。この祠に祀られている「もろ尼御前」（浄妙尼）について、一つの伝説が残っていて、私はずっとそれに心惹かれていた。

筑紫に左遷された菅公は、刺客に追われて近くの麹屋に逃げこんでこられました。

この麹屋の老婆は、とっさに菅公を匿ってもろ臼の中にかがませ、上から女べコ（腰巻）をかぶせました。

こうして追手の目をごまかして菅公をお救いした老婆は、「何もございませんが」と麹飯を松の葉にのせて差し上げました。

その後も、何くれとなく菅公のお世話をした老婆は、「もろ尼御前」と呼ばれ、人々から慕われて静かに余生を送りました。

いつもは、ひっそりと扉を閉ざしているもろ尼御前の祠には提灯が掲げられ、薄闇の中に浮かび上がっていた。

紅白の餅、米、魚や野菜など、所狭しと並べられたお供えを見守るようなろうそくの灯り。そのゆらめきは、ふと遠い伝説のひとの息づかいとなって、供養する人の念と交り合うようであった。

この夜、祠にお参りした私は、思いもかけぬ方と巡り会った。権藤喜代志氏、もろ尼御前のご子孫である。

えっ!?　ほんとに?　まあ!?

?と!の形のまま、立ちつくしている私に、「御迎　権藤」と書かれた提灯を手に、その方はちょっと照れたような笑顔で肯《うなず》かれた。

そういえば……。祠にはたしか「権藤」と染め抜いた幕が張ってあった。そして紋は、松の葉に飯を盛った図の「飯盛松」である。

「いやー、わたしは、難しいことはよう分かりません。ただ血筋の者だということで、代々浄妙尼のお守りをし、お下りの夜はこうしてお迎えするのが習わしですたい。わたしの爺さんも親爺もそうやってきましたから。親爺が亡くなってからは、わたしがこの役目を引き継いだわけで、ただそれだけのことですたい」

「親爺は常々、時の右大臣で後には神として祀られた道真公のお下りは、権藤家としては礼を尽くしてお迎えせねばならん、うちのばあちゃんに会いに来られるとだから、と言うておりました」

〝うちのばあちゃん〟という素朴な呼び方は、闇の彼方に佇んでいたひとの姿を、やわらかな光で映し出した。

働き者のしっかりした手。周りの者へたっぷりの愛情を注ぐ穏やかな眼差し。

やがて、伝説の媼はゆっくり腰をのばした。

——まあ、まあ、ようこそおいでなさった。

いそいそと出迎える媼の笑顔に、菅公は、その昔の麴飯の味を、人の心の温かさを想い出しておられるのだろう。

今は学問の神様として、多くの人のさまざまな祈りや、かなり身勝手なお願いの参詣をお受けになってご多忙な菅公も、今宵はゆるりとくつろがれてお物語などなされるかも。

深々と濃紺の空に、星たちのささやきが美しい滴となって辺りに満ちていた。

もろ尼御前を、土地の人は親しみをこめて〝榎寺のおばしゃん〟とも呼ぶ。伝説も昔語りも、私たちの祖先からの遺産として、親から子へまた孫へと、幼い日の寝物語に炉端の円居《まどい》に、繰り返し人々の魂の奥底にそっと埋められた一粒の種である。

「ただそれだけのことですたい」

権藤さんの淡々とした語り口は、その種が、土地に人の心にしっかりと根づき、豊かな緑を茂らせていることを感じさせてくれた。長い長い時を旅し、肌のぬくもりと共に伝えられたものは、いつか私たちの意識の地下水ともなって、今も深く静かに流れている。

あの日の偶然の出会いは、乾きがちな日常にあってしばし立ち止まり、掌に時を超えた清水を掬《く》み心を潤す悦びを私に与えてくれた。

遙かな世界からの贈り物として。

この秋も、権藤さんは〝うちのばあちゃん〟に心をこめてお供えをし、手丸提灯に伝説の確かな継承の灯りをともして、ゆったりとお下りを待たれることであろう。

この三十年来、欠かさず、そうしてこられたように。

からすうり

子供の頃、秋になるとよく見かけた赤い小さな実。愛らしく懐かしい呼び名。

しかし、その花の姿は、ずっと知らないままだった。

ある時、夏の夕べ、カラスウリの花の写真を見て、夢のような美しさに惹かれた。

だが、藪陰に人知れずひっそりと咲くという花を見ることは、とても無理だと半ば諦めながら、まだ見ぬ花への思いはひそかにふくらんでいった。

そして、或る年の夏、思いがけずその花に逢うことができた。丁度、今夜あたり咲きそうだから、との嬉しいお誘い。

夕暮れを待ちかねて、ジーパンに長袖シャツのいでたち、懐中電灯、うちわを手に、藪蚊の攻撃をかわしながら、原八坊跡への道を辿る。

四王寺山の麓、原山にある原八坊跡。

平安の昔、智証《ちしよう》大師円珍が、唐への船待ちの間、普賢《ふげん》菩薩を刻み、大師の八人の弟子によって、ここに原山《はらやま》無量寺《むりようじ》が建てられた。

広大な寺域には、本堂・中堂・宝塔などを囲んで、弟子たちの八つの坊があったので、「原八坊」と呼ばれた。

その後、鎌倉時代の終わり頃に、戦に敗れた足利尊氏がこの原山の一坊に入って軍勢を整えた。再起して京へ攻め上った尊氏は、北朝を創立し、遂には室町幕府を開いた。

また、原山には、一時、南朝の懐良《かねよし》親王の征西府《せいせいふ》が置かれたこともあったという。

こうした由緒のある「原八坊」は、度々時代の波に洗われ、天正十四（一五八六）年の岩屋城の戦いによって、すべてが灰となった。

本堂跡には碑が建てられ、傍らを原川が流れている。

その原川のほとり、木立ちに囲まれた藪に、カラスウリが生い茂っていた。

自在に伸びた蔓の濃い緑の葉蔭に、細くつんとつき出た蕾の先が、ほんの少しふくらんでいる。

花も、私たちも、ひたすら夜を待つ。

だんだんと夜の気配が濃くなるにつれ、丁寧にたたまれた晴れ着を広げるように、花は蕾をほどき始める。

やがて、薄闇の中に立ち現れた純白の花の精たち。ここにも！　あそこにも！

小さな冠を戴き、この上なく繊細なレース模様の衣の裾はひらひらと舞う細い糸飾り。まるで三日月の月の光を紡いだ糸のように輝く。

白く浮かび上がるやさしい姿、ほのかな香りに誘われて集まり飛び交う無数の蛾。すべての音が消え、私は真夏の夜の夢の中を彷徨《さまよ》っていた。

優美な花を咲かせるカラスウリは、また「玉章《たまずさ》」、「結び状」という風雅な名を持っている。

「玉章」も「結び状」も共に手紙のことで、王朝の昔には、恋文を梓の枝に結びつけて届けるという雅な風習があった。

カラスウリの果実の中の種子の形が、その結び文に似ているのが名前の由来なのだが、古《いにしえ》の人の何という感性のこまやかさ、イメージの豊かさだろう。

草木や花の名付けひとつにも、自然のすべての生きものへの古人の慎み深い愛情が感じられて奥ゆかしい。

草深い山里に、故あって、花の化身のような姫が隠れ住むという。
美しい姫の噂に、胸ときめかせて訪う公達《きんだち》。
三日月の月明りの中、なよやかな姫の姿立ち居に、若者は心奪われる。
時移り、かの人の後朝《きぬぎぬ》のことばを頼み、懐かしい衣の香を胸にただ待ち続ける姫君。
過ぎし日の喜びを深く心に包み、静かに育む姫を、月と星と風が見守る。

やがて、露しげき山里に落葉の舞う頃。
一面に蔓のからまる廃屋の軒端で、赤い実が風に揺れていた。
そのつややかな実の中には、あまたの結び文が。
いまひとたびの……と、姫の想いの丈を書き連ねた〝玉章〟が秘められていた。

溯る

大地を潤し、すべてのものを育み、悠々と流れる川。太古より人は、川の恵みを享けて文明をひらいてきた。

が、川が一度《ひとたび》怒り狂った際の恐ろしさも知っている。私たちの祖先は、さまざまな表情をもつ川を怖れ、祀り、親しんで共に生きてきた。

御笠川のほとりにも、地蔵さまが多く祀られ、川祭りが行われてきている。

ある日、太宰府やその周辺をわが庭の如く歩き、知り尽くしておられる先輩の案内で、御笠川の水源《みなもと》をたずね歩くことになった。野菊咲き乱れる秋の山路を分け入りながら、私は、自分が故里の川を溯る鮭に似ているような気がした。

宝満山、北谷の奥深く、岩の裂け目や土の底から湧き出た水は、それぞれにせせらぎの澄んだ音を奏で、竹林を渡る風のさやぎ、時折鋭くひびく百舌《もず》の声と共に、辺りの静けさに溶け合っていた。

丈高く生い茂った草むらの、その奥からもチョロチョロと水音が聞こえ、草をかき分けかき分け辿っていくと、思いがけず、赤紫のかれんな花に出会った。つりふね草——何という愛らしい名。岩に散る水しぶきを浴びて、小さな花のふねは、ゆらゆらとゆれていた。その中に、虹色の光に抱かれ眠っているのは、今生まれたばかりの小さな、小さな水の精。

せせらぎの子守歌は、遙かな旅へのプロローグであろう。

太宰府から阿志岐《あしき》の駅家《うまや》に向かう峠の手前、石坂地蔵尊には、切り立った崖に囲まれて何体もの地蔵さまがおいでになる。苔むした崖のあちこちから湧き、流れ続ける清水。見上げると大木が四方に枝を広げ、巨《おお》きな傘のようにここを覆っている。

その昔、峠が非常な難所であった頃、旅人たちはこの冷たい水で咽の渇きをいやし、木陰でしばし疲れた身体を休め、地蔵さまに手を合わせて旅の安全を祈ったのであろう。

今この辺りは、車の走る整備された道路となり、昔の難儀を知る人も少ない。けれど、この石坂の地蔵さまの白い腹掛けは真新しく、どの地蔵さまの前にも花や果物が供えられ、今もここを訪れる人の絶えないことを語っている。

竹の筒に、足、足、足と書き連ねてある字を数えてみると、四十九字。四十九歳の人が「どうぞ足の病を治して下さい」と、痛む足を引きずって、ここに詣り祈っている姿が目に浮かぶ。

今、世の中はすさまじいとしか言いようのない速さで移り変わりつつある。それはまた、歴史の必然でもあるが、価値観も人の心のありようも、時の流れに呑みこまれ、まさに、うたかたの感がある。しかし、見せかけの豊かさや便利さと引き換えに、私たちが古い抜け殻のように捨て去ったものの中に、とても大切なものがあるように思えてならない。

川の源をたずね歩いた日、石坂地蔵で私を迎えてくれたのは、遠く、懐かしい日本人の素朴な心であった。山に川に、木にも石にも神仏の宿ることを信じ、そこに寄り添うことで、定めなき世を生きる身の無事を願うしなやかな心情《こころ》。人間の智恵や力を遥かに超えた大いなるものへの、つつましやかでひたむきな祈りの念《こころ》であった。


かつて、川の流れに人の世の無常を知り、歳月の流れを過ぎゆく旅人と観た古人の思いは、いつしか私たちの心の襞にも深く折りこまれている。

けれど、今私の心を満たしているのは、一滴の岩清水の、いのちの繰り返しへの、限りない畏敬である。

北谷のせせらぎに心洗われた日、私は、キラキラと輝きながら、絶えず産声をあげる水の精たちの誕生に立ち会った。

それは、まぎれもない、いのちの源（水《み》の本《もと》）であった。

薪能

秋の色を見せはじめた四王寺山の麓にある大宰府、都府楼跡。

古代から中世へと、いくつもの時代がここに眠っているといわれるが、この地の下を奥へ奥へと辿って行けば、古の人々に出会うことができるかもしれない、と思うこともある。

この都府楼跡が、薪能の舞台である。

背景は、こんもりと穏やかな姿の月山《つきやま》。

木々の梢はたそがれの薄衣《うすぎぬ》をまとい、その衣は微妙に色を変えながら、静かに辺りを包みこんでゆく。


涼やかな、風のさざめき。

「半蔀《はじとみ》」の夕顔の精は、宵闇にゆるやかに莟をほどいてゆく、花の息づかいそのままに、立ち現れた。

愁いを含んだ女人《にょにん》の面《おもて》のシテは、今ひらいたばかりの花が夜露をうけて、きよらかな白に身づくろいする風情に舞う。

静かに裾をひきながら歩み寄ってくる闇の、気配に合わせたような鼓の音、笛の響き。

過ぎし日の契りの悦びに、その儚さ故に、繰り返し追慕の舞を舞い続ける夕顔のしっとりと仄白い情念よ。

鼓の音はひとつずつ胸に打ちこまれ、その重さに耐え難くなった時、笛は澄んだ音色をひびかせて彼方に心を解き放つ。

人が舞い、人が奏する舞台は、いつか闇と分ち難い世界へとつながってゆく。


ぱちぱちとはぜる篝火の火の粉がすうっと吸いこまれる闇を見つめていると、ふいに般《はん》若《にゃ》の面が浮かび上がった。

数年前の薪能で観た「安達原《あだちがはら》」（黒塚）の般若である。

山里にひとり侘住いの老女が、旅の山伏への心づくしのもてなしにふと垣間見せた、薄紅《くれない》のつややかな女心。

一転してその本性を現し般若となった女の、裏切りへの怨みと怒りが黒々と渦巻いている情念よ。

浄闇の庭で私が出会ったのは、常にこの世を超えて在り続ける情念の姿であった。

そのありようは、儚げな白き花の精と、髪おどろに打ちかかるすさまじき鬼女と全く相反するかに見えて、共に女性《にょしょう》の奥深い哀しみによって結ばれている。

そして、やわらかな心を閉じこめ般若となって生き続けなければならなかった女の性《さが》を、今の私はより人間的なもの、根本的なものとして受け止めている。

人は、自分でさえおぞましい凍てついた心の淵を抱いたまま、生きなければならないこともある……と。

濃さを増してゆく闇に坐っていると、今宵の夢幻の能を観る人たちの中に、この辺りの山々に棲む鬼やけものたちが、人の面をつけて紛れこんでいるような気がして、思わず周囲を見廻してみる。

やがて、人々が散り、灯りもすべて消え去った静寂の舞台で始まる舞。

もう、面はつけずともよい。

あるがままの姿で、木の葉の扇をかざし、情《こころ》のままに舞う、山の鬼やけものたち。

遠く、地の底から立ちのぼってくるような虫の楽の音。

漆黒の闇の奥から、鋭い光を放ついきものたちの眼《まなこ》、眼。

激しく、あるいはゆったりと、舞扇の動きにつれて、それらの眼は、よろこび、かなしみ、怒りとさまざまな情念の炎となって、夜更けの草むらの露を煌めかせる。

また湧きおこる楽の音は、闇をふるわせ、おし上げ、つきぬけ、闇にまぎれて遙かな空の高みへと……。

戒壇院

大西和尚を偲んで

瓦が幾つも剝げ落ち、残る瓦も、やっとの思いで止まっているという風情の、戒壇院の古びた門。

その門をくぐり、足の下にぽこぽこと土を感じながら歩いていくと、何となく心が和んでくる。

奈良時代、聖武天皇の命によって日本三戒壇が築かれた。奈良の東大寺、下野《しもつけ》の薬師寺、そしてここ、筑前の観世音寺である。

鄙びた風情の残るこの辺りで写生する人をよく見かけるが、それは、人々の心の故里の風景と、どこかつながっているからだろうか。

今は禅宗の寺となっているこの寺のご住職は大西和尚。

高崎山の猿の餌付けで知られた和尚のご高名は、つとに耳にしていたが、お目にかかる折とてもなかった。

それが去年の秋、どうしてもお会いしたいとの思いに駆られて、太宰府に詳しい友人の案内で戒壇院でお昼を頂くことになった。

晩秋の、底冷えのする日。

さびさびと、静かな庭の茶室には、和尚が入れて下さった炭火がほっこりと赤かった。

和尚は、多忙な日常のご様子やお身体《からだ》のことなど、ひとしきり話された。

「病気というのも、自分で患ってみて、わかることもあり、でな」

さばさばと言ってのけられるお顔を見ていると、あ、この方なら、猿とでもお話しなさるに違いない、と、つい思ってしまう。

「ここも、やっと、修理のめどがついてな、うん、鑑真の像も、春には修理してもらうことになっておるし」

香の薫りが、ゆるやかに心をときほぐしてくれる。

それからそれへと高名な禅僧の逸話などを聞かせて下さり、時の経つのも忘れた。

帰り際に、衝立の見事な筆の跡を、これはどなたの？　とお聞きすると、

「わしじゃ。あ、これは素人にはわからんだろうから、ちと、説明しようかな」

と、禅の心を話されたが、凡愚の身には、わかったようでわからないようで、やはり、よくわからなかった。

すべてが、さりげなく、〝もてなし〟の細やかな心くばりでまとめられていて、心嬉しく堪能させて頂き、また春になったら是非、とそれを楽しみに、おいとまをした。

それからわずか一月余りの、年の暮れのこと。

「あの……、大西和尚が……」

突然の知らせに、あー、と大きな塊がこみ上げぐるぐる廻り始めた。

――あれは、ほんとに、一期一会でしたのね。

激しく廻る独楽《こま》のように、〝一期一会〟の念《おもい》が私を貫いた。

巡りくる年ごとの花や草木も、出会い、言葉を交わす人たちも、親しき人々との交わりさえも、すべてのものとのかかわりはまさに一期一会であると。

それ故に、心を寄せ、心を開き、心を尽くすその瞬間《とき》（一会）は、絶え間ない時の流れの中の、確かな完結した瞬間《とき》として結晶する。

そのきらめきを感じる時、人は、生きて在ることの深い悦びを知ることができるのであろう。


お別れの日。

氷雨の庭に、椿の赤い花が、魂を呼ぶ灯りのようにいくつも咲いていた。

それが、あの日の炭火の暖かな色と重なり合って、私の瞼の奥でにじんで……。

一瞬、紅色《べに》の靄《もや》の向こうに和尚の後ろ姿が見えた。

この世とあの世の境を、事もなげに、まるで隣の庭にでも行くように、さっさっと歩み去って行かれる後ろ姿であった。

踊り子草

平成七年十一月十七日、小春日和に恵まれて、戒壇院の落慶法要が営まれた。

この戒壇院が、奈良時代に日本三戒壇の一つ、西の戒壇として、九州の僧尼たちに戒を授けるためにここに設けられてから、千二百年の余を経ている。

その長い歴史の間、さまざまな紆余曲折を経て、今日、ようやく本堂の修復、庫裡の新築が完成した。この平成の復興は、官民僧俗一体の力によるものである。

五色の幕に飾られた本堂の屋根を見上げ、その真新しい瓦のどこかに、私の祈念をこめた瓦もあると、このご縁を有難く思った。

目の当《ま》たりに拝する大般若経の転読。

時折、落葉の舞い散る境内に、僧侶六十余名の読経の荘厳な声、磬《きん》の澄んだ音が響く。

それに和するように、のどかな山鳩の鳴き声。

目を閉じると、この法要の場に私一人坐しているような寂《しず》けさ。

式典の後、本堂奥の鑑真和上の像にお目にかかる。

――ほんとに、良うございましたね。

この方こそ、今日の落慶法要を最も喜んでおられる方であろう。

唐の高徳の僧として、人々の尊敬を集めていた鑑真は、日本からの要請に応じ、当時の日本仏教界の乱れを正すため、授戒伝律《じゅかいでんりつ》の師として来日した。

果てしない大海原を渡ることに尻込みする弟子たちを前に、「法のためである」と、自ら渡日を志してより十二年、海難などによる五度の挫折の後、六度目にしてようやく志を遂げたのである。

天平勝宝五（七五三）年、日本の土を踏んだ和上は、既に失明していて、この国の風物を見ることはできなかった。

鑑真の開いた唐招提寺《とうしょうだいじ》に、瞑目して禅定印《ぜんじょういん》を結んでおられる鑑真和上の坐像（脱活乾漆造）が祀られている。奈良時代、鑑真の没後に造られたという像は、穏やかではあるが、意思の強さを結んだ唇と顎に示し、意外なほどがっしりと骨太い身体つきにも、威厳に満ちた高僧の面影が伝えられている。

ここ筑紫の戒壇院の鑑真和上の木像は、江戸時代の作と聞くが、ところどころ彩色も落ち、少しお気の毒である。けれど、どこかに日本人のような感じがあって、〝鑑真さん〟とお呼びしたいような親しみを覚えるのは私一人だろうか。

あれは何年位前だったろう、観世音寺の楠若葉がさわやかな風に弾んでいた日だった。屋根瓦が今にもずり落ちそうな修理前の戒壇院、その本堂のひんやりと薄暗い奥で、静かに目を閉じておられる鑑真さんのお姿に、「若葉してお目のしずくぬぐはばや」を思い出した。芭蕉が、唐招提寺の和上像を拝した時の句である。

遙かに時を隔てていても、その時芭蕉には、「法のためである」と言った鑑真のきびしい一筋の志がひしひしと伝わっていたのであろう。何とみずみずしい言葉、何と敬虔な美しい思いであろうか。

そんな思いに浸りながら、堂を出ようとした時、不意に野の草の匂いがして、透き通った唄声が流れた。

眩しい光の中、崩れかけた土塀の辺りに、一叢の踊り子草が可憐な花を咲かせていた。

揃いのピンクの着物に鳥追笠。

緑の風に袂をひるがえし踊る乙女たち。

白い頬が、ほんのり紅に染まって。

扇が風に舞い、風が唄を運ぶ。

「ヤッサ、ヤレヤレ」、「ヤッサー、ヤレヤレ」

私は思わず鑑真さんを振り返った。

——お聞きになりましたか？　初々しい乙女たちの声を。

勿論、鑑真さんは長く深い瞑想に入られたままである。

しかし、その時私には、踊り子たちの声も手振りも、鑑真さんへの供養のように思えたのだ。

そして、鑑真さんは静かにそれを受けて下さったと。

すっかり新しくなった戒壇院の庭に、この春も踊り子草は咲くだろうか。

また、懐かしい野の風の唄を聞かせてくれるのだろうか。

銀杏

宝満宮竈門《かまど》神社は、玉依姫命・応神天皇・神功皇后を御祭神とし、宝満山の頂上に上宮が、麓には下宮がある。が、地元では山麓の下宮を「カマド神社」と呼び慣わし、春は桜、秋は紅葉の名所として親しんでいる。

晩秋の頃にカマド神社への道を登ってゆくと、鳥居の奥に聳え立つ大銀杏が、まず目に映る。

三〇メートルを超すというその木は、眩しいほどに鮮やかな黄色で、ずっと遠くからでも「あ、あそこがカマド神社」とわかるほどである。

昔から、神社や寺院には銀杏の古木が多く、あたかもそこに神・仏が宿り給うかのような、不思議な感じを受けることもよくある。

一方で、私たちには身近な親しい木で、子供の頃からきれいな黄色の落葉を拾い集めて、本の栞などに使ったりしたことを思い出す。

ところが、この銀杏の歴史を調べてみて驚いた。

イチョウの祖先は、約二億年前頃、かの恐龍が跋扈《ばっこ》していた時代には世界各地に分布していた植物だった。

その後、地核の変動や気候の激変に耐えながら適応して、辛うじて中国大陸の一部にだけ生き残った一種が現代のイチョウである。

それ故に、イチョウは「生きた化石」とも呼ばれている。

この銀杏が、いつ頃日本に来たかについては、平安から鎌倉時代にかけて中国から仏教と共にもたらされた、との説が有力らしい。

我が国でも、旺盛な生命力で生き続けた銀杏は巨木となり、各地にさまざまな伝説を生んでいる。

銀杏の木は幹皮が強靭で、保水力が強く火を防ぐといわれるが、社寺に多く植えられたのもそのためであろう。

京都西本願寺にある銀杏には、江戸時代の二度の大火の折に、水を噴き上げて御堂を火災から守ったという話が伝わっている。

長い年月を経た銀杏の大樹の中には、不思議な形をした気根がいくつも下がっているものがある。

仙台市宮城野《みやぎの》区には、首皇子《おびと》（後の聖武天皇）の乳母が、皇子の健やかな成育を祈って植えたという銀杏がある。樹齢千二百年とされるその大木の気根は、まるで、乳房のように垂れ下がっている。この木は乳の病に効くとの民間信仰があって、今も詣でる人が多い。伝説、伝承だけではなく、銀杏は、いつの間にか日本人の暮らしの中にしっかりと根付いてきた。

例えば、長寿や家の繁栄を願って銀杏の葉をデザインした家紋もいろいろある。髪型では、相撲の関取の髷《まげ》を「大銀杏」と呼んでいるが、江戸時代から女性の髪型に「銀杏返し」、「銀杏崩し」があった。

そういえば、大根などの野菜の切り方の一つに「銀杏切り」があり、また、銀杏の木は俎板《まないた》の材として珍重される。

茶碗蒸しの中に、ほっこりと入っているギンナンが嬉しくて、「もっと」とせがんでは、祖母に「食べ過ぎると、からだに毒だから」とたしなめられた幼い日の思い出も。

ひと雨ごとに秋が深まってゆく季節。

カマド神社は、宝満山の霊気・冷気を受けて錦繡の装いを見せる。

楓の色調のなんと豊かなこと！

まだ緑を残した葉、黄色い葉、そして淡い紅から真紅に染められた葉がひらひらと散る。それらが、陽の光に、翳《かげ》りに、得も言われぬ美しいハーモニーを奏でる。

その楓の木々の重なりの遥か上に、天に向かってすっくと立つ大銀杏。

降り注ぐ天の光は銀杏に宿り、その葉を金色に輝かせていた。
散り敷いた紅葉の上にゆっくりと銀杏の葉が舞い降りてくる。

金色《こんじき》のちひさき鳥のかたちして銀杏ちるなり夕日の岡に

与謝野晶子

金色の鳥と見紛うほどに、軽々《かろがろ》と風に乗る銀杏の葉。少女の頃から好きで、なぜか忘れ難いこの歌を口ずさむと、夕映えの中に遠く晶子の後ろ姿が見えるような気がする。

この日、私は銀杏の木の下に立ち尽くし、静かに枝を離れゆく金色のいのちの余韻を、私のすべてで受け止めようとしていた。

散りゆくものの美しさ——。

それは、喪失の哀しみも寂しさも、すべてをやわらかく包みこんでいるからこそ、一層美しく尊いのかもしれない。

それは、どこか人生の余韻にも似ているようにも思われたが……。

紅葉夢幻

晩秋。時雨が、木々の彩りを黄葉《もみじ》、紅葉《もみじ》へと深めて行く頃。

そのひそやかな気配を感じると、きまって、今年のもみじに逢いたいという思いにかられる。

天満宮の境内を、お石茶屋から稲荷の宮への道を登り、下り、紅葉の照りに身を委ねてやはり最後は光明寺へ。豊かに綾なす錦を織り上げた楓の庭。

ああ、今年もこのもみじに逢えた……。

雨もよいの空に、一瞬の陽の光が楓の紅を激しく燃え立たせ、黄葉の透きとおった淋しさを浮かび上がらせる。深緑の苔の上に散り敷く落ち葉は、神の自在な絵筆の跡か。

この華麗な庭に漂う不思議な静けさは、いつか心を夢幻の世界へ誘《いざな》う。

とある山かげで、紅葉の宴を催していた上臈は、紅《くれない》ふかき顔《かんばせ》の、此の世の人とも思われぬ美しさであった。が、それは、実は鬼であった――と能『紅葉狩』は謡う。

山奥でハッとするほど鮮やかな花や紅葉に出逢った時、その美しさの底にある種の恐ろしさ、凄まじさを感じることがある。世の常ならぬ美しさの極限は、神か鬼の世界のものだと、昔の人は思い定めていたのかもしれない。


光明寺の傍らを流れる藍染川《あいぞめ》。

〝逢い初《そ》む〟とも〝愛《いろ》に染む〟とも書かれ、古歌にも詠まれたこの川は、能『藍染川』で梅壺侍従の話を伝えている。

京から子を連れての長旅の末、ようよう筑紫の太宰府に辿り着いた梅壺。

あら嬉しや、直《じき》にこの子の父、恋しいお方とも逢えよう。

子の肩を抱き、見上げる楓の紅は、梅壺の頬を染め、輝かせる。

そこへ届いた返し文。それを、尋ねるお方の妻が書いた偽りの文とは露知らず、ただ、恋しい人の心変わりのつれなさを嘆き、恨み、入水する梅壺。

女人《にょにん》の凍てついた悲しみを、その淵に呑みこんだ藍染川。

川面を埋めるもみじ葉は、風が架けた柵《しがらみ》であろうか。

やがて、梅壺の思い人である天満宮の神主の誠の祈りによって、天満天神が現れ、梅壺は蘇生する。

一旦は世をはかなみ身を捨てた梅壺が、再び見た紅葉はどのような色合いだったろう。

そう思って眺める紅葉の照りと翳《かげ》りは、そのまま女人のさまざまな心模様と重なって見えてくるような気がする。

そう言えば、かの『源氏物語』の中で、藤壺の女御が源氏の君の「青海波《せいがいは》」の舞をごらんになったのも、紅葉の美しい頃であった。

常にも増して光り輝く源氏の舞姿に眼を奪われながらも、罪の子を宿した女御の心の内は、嵐に揉まれ乱れ散るもみじ葉のようであったろう。

その日のきびしい冷え込みは、雪となった。

夜更けの紅葉の庭、暗く深い虚空《そら》から降りしきる雪は、白い花びらとなって風に舞い、風に遊ぶ。

ひそやかに立ちつくす楓の木立の間から立ち現れたのは。

「白地御簾ニ紅葉唐織」の衣。

玲瓏《れいろう》たる女人の面《おもて》は、愁いに沈み。

藤壺の女御は、許されぬ恋と帝《みかど》を欺く心の鬼に苦しみ悩む様を語る。けれど、何という気品と美しさに満ちた舞の姿。

と、見れば、いつしかそれは『藍染川』の梅壺侍従の美しい嘆きの面に変わっていた。

激しい恋慕と懊悩の渦に身を任せた女人が、やがては、蘇りの悦びに照りかがよう風情に舞う。

すると、それはまた『紅葉狩』の上﨟の世の常ならぬ艶やかな面に。

夜もすがら、雪は降り、舞は続く。

雪は、紅葉の色も、女人の哀歓も、白い闇に閉じこめてゆく。

やがて、庭に曙の光が射し込む。

今、枝を離れた深紅の一葉が、すっと雪の上に降り立った。

音はなかった。

しかし、その一葉が舞い納めたその瞬間《とき》、しん、と魂の奥底に響く音を確かに聞いた。

それは、まぎれもなく、いのちの完結の音。

生きとし生けるものが、久遠《くおん》の彼方へ遙かな高みへと還ってゆく、静寂そのものの音であった。

Ⅱ 風のいろ

風のいろ

とうとう、此処に来た。

藤原宮大極殿跡の小高い丘。

たっぷりと、緑に染められた風。


あれから、どれほどの時が過ぎたのだろう。

敗戦の混乱の中、心の渇きのままに、兄のような人たちに混じって、よくわからないまま「籠毛与《こもよ》　美籠母乳《みこもち》……」と万葉仮名を辿っていた少女の指は、いつも大和を恋い、なぞっていた。

今、耳梨山《みみなしやま》（耳成山）を背に、古き都の跡に立てば、右に畝火山《うねびやま》（畝傍山）、左手すぐ間近に、天の香具山《あまのかぐやま》（香久山）。あ、これが中大兄皇子の嬬《つま》争いにうたわれた大和三山なのかと、長い間焦がれてきた想いは一瞬とまどった。

けれど、そのあまりにもこぢんまりと穏やかで親しみ易い山々は、旅人の心を千何百年もの昔に遊ばせてくれた。

あの、ちょっと肩をそびやかせた雄々しい畝火山は、中大兄皇子《なかのおおえのみこ》（天智天皇）。新しい時代を切り拓いてゆく若き勇者の気負い、情熱が全身に漲り、人を惹きつける。

優しい女《ひと》のまろやかな寝姿のように、愛らしい香具山は、額田女王《ぬかたのおおきみ》。神に仕える女の気品と才気は、白い花の香気にも似て清《すが》しいが、女人《にょにん》の魅力は自ら溢れいでて、偉大なる王、中大兄、大海人の兄弟の心を奪う。

均整のとれた佇まいの耳梨山は、大海人皇子《おおあまのみこ》（天武天皇）。常には多くを語らず、行動の人大海人皇子は、采女《うねめ》である額田にどのように愛を伝えたのだろうか。

やがて時移り、近江の天智の傍らで額田の見た夢は、どんな色だったのだろう。

冴えわたる月影が、光のさざ波をちりばめる湖のほとりに立つ、額田女王。

眼を閉じた横顔は、この上なく清らかな光に縁どられている。神の声を聞く者の、浄められた魂。歌人《うたびと》としての誇り。

大きな愛を享けながらも、凛としたものを芯に持ち続けた女人であったように思う。

あなたは、今でも匂うが如く美しい、と大海人の熱い言葉を目で優しくたしなめながらも、その頰に浮かぶ笑みの艶めかしさ。

そうした二人を見やりながら、盃を重ねる天智の豪快な笑い声。

大和に刻まれた歴史は、厳しく酷いものも多い。人は人を陥れ、裏切り、殺《あや》め、世の常のこれらの出来事によって、歴史はつくられてきた。

鸕野皇女《うののひめみこ》（持統女帝）も、その柔かな心に鮮烈に焼き付いた悲傷《かなしみ》を決して忘れることができない。

母方の祖父、蘇我石川麻呂《そがのいしかわまろ》が、讒言《ざんげん》によって謀反人として、父、中大兄に討たれた日のこと。傷心の母の死の無念さも。

藤原宮の朝まだき、しらじらと流れる霧の中を歩む人の姿があった。

持統女帝は、宿直《とのい》の者をいつもの身振りで制し、ただひとり露に足を濡らした。

朝な夕なに香具山を眺め、ひとときの安らぎに心を委ねる女帝は、とりわけ曙の色に化《け》粧《わい》する山を愛でた。

夫、天武と共に壬申《じんしん》の戦《いくさ》に勝ち、王権を手にし、その頂点に立つ女帝として此処に在る。

女帝は、ふと足元の砂を掬い上げる。砂はさらさらと、あたかも時の粒子のように指の間をすべり落ちる。

わたしは、この手に何を摑んだのか。わたしの大切なもの、わたしがいとおしんだものは、みんな私の手からこぼれ落ちた。

最愛の人天武も、王位を継ぐべき草壁皇子さえもが。

いつか陽は昇り、辺りに朝の光が満ち、立ち働く人々の気配。

立ち上がった女帝の額にはすでに迷いの影はなく、意志と理智が輝いていた。


五月、大和の野はれんげの花に彩られていた。

殊更に明るい、はなやかなひろがりの中に、この花のような色の衣の裾をひるがえし、姉の大田皇女と手をつないで駆けてゆく、幼い鸕野皇女の姿が映った。

遠く、さわさわと風が流れた。

風は、こまかな砂つぶを、旅人の掌《て》にのこしていった。

花神

花は蕾《つぼみ》のときが一番美しい。

私は、ずっとそう思ってきた。

例えば、椿。

冷たい風の中で固く結ばれていた蕾の先に、かすかに紅《べに》がにじんでくる時。

例えば、桜。

少女の耳たぶのように仄かに色づき、春雨にしっとりと重みを増す蕾。

例えば、桔梗。

祈りを捧げる手の中に、豊かに満ちてくる思いのようにふくらんでゆくかたち。

など、など、数えあげればきりがない。

それぞれの蕾のうちに秘められた、ときめきとはじらい。そして、花ひらくことへのあこがれとおそれ。それらの思いは、ゆらぎながら絶え間なく寄せてくるいのちの潮に満たされる。

そして、蕾がほころびそめる神秘の時。

ある年の春、まだ固い蕾の牡丹の鉢を頂いた。やはり、蕾はいとおしい。

日差しの暖かさに、少しずつふんわりと柔らかな表情になってゆくのを楽しみながらも、その一方では、このまま、このままでと、時の流れを惜しむ思いもあった。

それは、とても長かったような、短い間だったような不思議な時間だったが。


中国を代表する花、牡丹は、絢爛豪華な花の容姿《すがた》から王者の花〝花王〟と呼ばれて、尊重された。

わが国には奈良時代の末に渡来したが、憧れの異国の花は、忽ちに貴族たちの心を捉えたようだ。

定子皇后はじめ、貴族の庭園を飾ったぼたん（ぼうたん）は、なぜか平安の和歌の世界では〝ふかみ草（深見草）〟として詠まれている。『夫木《ふぼく》和歌抄』の中の一首、

紅《くれない》の色ふかみ草さきぬればをしむ心もあさからぬかな　藤原教長《のりなが》

こんな歌を見ると、王朝の昔、貴人たちが艶麗な花に寄せた思い、〝もののあわれ〟が偲ばれる。

それとは対照的なイメージを持つのが、能の『石橋《しやつきよう》』の舞台に見る牡丹である。

文殊菩薩の霊獣である獅子が、親子で豪快に舞い、狂い、戯れる。

そこに咲き誇る紅白の牡丹は、あくまでも華麗であり、王者の花としての風格と品位を湛えた花でなければならない。


やがて咲きそめた私の牡丹は、鮮やかな〝ぼたんいろ〟そのものだった。

それは、あたかも『羽衣』で優雅な舞を見せる天女の冠に匂う花のように、あざやかな気品に満ちていた。

見つめていると、そのふっくらとした花の花芯の奥には、限りなく深い世界があって、心が吸いこまれてゆくようであった。

夜更けには、花は美しい衣の衿元をかき合わせるようにそっと花びらを閉じ、中に眠る花神の静かな寝息さえ聞こえていた。

「をしむ心もあさからぬかな」

〝をしむ〟の意は〝惜しむ〟であり、更に〝愛《お》しむ〟の意味もあって、いにしえ人の心は、そのまま私の思いでもあったのだが。

ある日のこと。

ほんのかすかな気配がして、花は、ゆらりと揺れた。

あ！ と思った時、花神は幾重にも重ねた華やかな衣をはらりと脱ぎ捨て、一筋の光となって天に還った。

その時、花のいのちは一瞬の静寂に昇華され、この上なく寂《しず》かだった。

その時、花は散ったのではなく、まさに咲ききったのであった。

その見事なまでの一瞬に、いのちの極限の静寂に、私は心を奪われていた。

一輪の花の中に、宇宙があった。

芽ぐみ、蕾み、花ひらき、咲ききるまでの時間《とき》の中に、宇宙のいのちの有り様《よう》が凝縮されているのを、その時初めてまざまざと見た思いであった。

朝の光の中で、うち重なった花びらと黄色い花芯は鮮やかなままであった。

それは、あまりにも美しかった。

菜の花の詩

日ざしが急に春めいてきた。

けれども、風はまだ少し冷たい。

そんな季節になると、私はいつも記憶の小径を辿り遠い風景の中に帰っていく。

その風景は菜の花の明るい黄色に染められていて、故里を持たない私には菜の花はいつか故里そのもののイメージと重なっている。

〝菜の花〟と一口に言っても、アブラナ、西洋アブラナ、カラシナ、そしてもろもろの〝菜〟の花とその種類は多いが、私にとっての〝菜の花〟とは、黄色の十字の小花が愛らしく群れ、やわらかな薄緑の葉と共に、春の野の香りを運んでくれるものである。

菜の花は、古来、梅や桜のように花の美への渇仰《かつぎょう》の対象としてもてはやされてはいない。

しかし、人の心を温かく包み郷愁へと誘う花である。

ひと雨ごとの暖かさに、庭の一隅で育てた小松菜やかつお菜がぐんぐん背を伸ばし、ポッポッと黄色い蕾をつけ始めると、何とはなしに心が弾む。

開きかけた蕾をそっと摘んで掌にのせ、目を閉じて春の香りを胸いっぱいに吸いこむ。菜の花を吸い物の椀に浮かべたり、ふっくらと炊き上がった御飯に混ぜる。何という仕合わせ。今、たしかに春の息吹きを、いのちを頂いているという実感。そして、この私のいのちが、大いなる自然に育まれた他のいのちによって満たされ、生かされているということへのさまざまな思いと感謝。

それらの思いは、おのずと万葉びとの世界にもつながってゆく。春の野に若菜を摘む乙女の初々しさ。その乙女に歌いかけ、名を問う若き王の心の高まり。山も野も川も、すべてのもののいのちの蘇りと、新しき芽生えの春に巡り会うことのよろこび。

〝一年中何でもあり〟の一見豊かな今の時代が、失ってしまったものの測り知れない大きさを思う。

菜 の 花 の 遙 か に 黄 な り 筑 後 川　　夏目漱石

筑後川の菜の花は、流れに沿ってどこまでも続く、黄と緑の綾なす帯を広げたように見事である。

心をのびやかに解き放つこの川べりの菜の花は、西洋カラシナと呼ばれるものらしい。

菜畠に花見顔なる雀かな　　芭蕉

クリクリと丸い目を見開き、首をかしげた雀のしぐさの愛らしさ。日なたの匂い。北風のあとの野の春風が心の鬢を撫でてゆく。

菜の花や月は東に日は西に　　蕪村

あまりにも有名な句だが、この句を口にする度に、今も私の心に鮮やかに浮かび上がってくる光景がある。

夕暮れ、町へ出かけた母はまだ戻らず、私は祖母におんぶされて泣きじゃくっている。開け放った障子の向こうに、黄色い菜の花畠と麦畠の緑が広がっていた。そのずっと遠くを走るチョコレート色の電車が、小さくおもちゃのように見えた。

「ほら、あの電車でお母さんが帰ってくるよ。もうすぐだよ」

周りで大人たちが何やかやと言い、いい子だからね、となだめられればなおのこと、無性に悲しく淋しく、私はただ泣き続けていた。

記憶の映像はそこで途切れている。きっと泣き疲れて眠ってしまったのだろう。けれど、ごく幼かった頃、母の実家《さと》でのあの一場面と、夕暮れの光の中の黄と緑とチョコレート色の彩りの美しさは、不思議にはっきり覚えている。

多分それは私の原風景なのだろう。


晩年、病むことの多かった母は、次第に現在《いま》を忘れ、子供のようになっていった。

ある日、私は両手いっぱいの菜の花を抱えて母の病室に行った。

パーッと部屋に広がる眩しい春。

「お母さん、菜の花よ」

声をかけると、まどろんでいた母は目をあけて、

「ああ、きれい！　きれいねー」

と無邪気な笑顔を見せ、しばらくしてまた眠りに沈んでいった。

母は、今、どんな夢を見ているのだろうか。

青い空の下、むせるような野の香りが満ち。

ひばりが囀っていて。

たくさんの懐かしい顔があって。

穏やかな母の寝顔を見ているうちに、私もまた、遠く過ぎた日へと呼び戻されていった。


「もういいかーい」

「まあだ、だよー」

小さな女の子は、野の道を真っ直ぐに駆けて、菜の花の畠の中。
ドキドキする胸をおさえ、しゃがみこむ。
やわらかな黄色に囲まれて。土の匂いと草の匂いに包まれて。
「もういいよー」
遠くで声がする。
ギュッと目をつぶって、息をつめて隠れていると。
そのまま、どんどん小さくなって、一匹の白いチョウチョになって。
菜の花の畠で遊んでいるワタシ。
「モウ　イイヨー」
でも、だれにも聞こえない。もう、だあれもワタシを見つけられない。
だあれも……。

讃岐の浦島太郎

四月初め、瀬戸の海沿いの道には雪柳の白と黄色い連翹《れんぎよう》が咲きこぼれ、海の碧《あお》に映えていた。

数日来の寒の戻りを、きっぱりと振り切ったような明るい陽射しも心地よかった。

　むかし　むかし　浦島は
　　助けた亀に連れられて

香川県の西端に位置する詫間《たくま》町の荘内半島。

そこに浦島太郎の伝説があると聞き、子供の頃の懐かしい歌に誘われての旅であった。

潮騒と潮風に包まれた細長い小さな半島には、いかにも遠い昔語りが似合うような気がした。

しかし、実は——。

昭和の初期に、荘内村の村誌に「浦島伝説あり」と書かれたのが発端となって、昭和二十三年に村の地名に因《よ》る浦島伝説がまとめられたものだという。

それから、これを〝町おこし〟ということで、「花と浦島の里・たくま」のキャッチ・フレーズのもと、今や町を挙げて観光宣伝につとめているというわけである。

讃岐は、東に「桃太郎」、西に「浦島太郎」あり、ということで共に地名に因る話だが、昔話が好きな土地柄のようである。

ところで、浦島の話が最初に文献上に見えるのは『日本書紀』であるが、それには、

「雄略天皇二十二年の秋七月に、丹波国《たにはのくに》の瑞江浦嶋子《みづのえのうらしまのこ》が亀を釣り上げた。亀は忽ちに女《をとめ》となり、浦嶋子はその美しさに心動かされて愛を契り、共に蓬萊山《とこよのくに》に行った」

と、物語の始まりが簡単に書かれている。

『丹後国風土記』では

「釣り上げたのは五色の亀で、その亀は、たとえようもなく美しい女となって、嶼子《しまこ》を蓬萊山に誘い、三年の後の別れの際に玉匣《たまくしげ》を渡し……」

とあり、この後は私たちがよく知っている筋書きの通りである。

また『万葉集』巻九にも、一七四〇・一七四一の歌に詠まれていて、当時すでに貴族階級の間では、中国の神仙思想に彩られたこの物語はかなりよく知られていたようである。

これが、中世から近世にかけてはいわゆる御伽草子の『浦島太郎』として登場し、一般に広く流布した。

そして、明治に巌谷小波《いわやさざなみ》が子供向けに書いた話が教科書や唱歌の元になった。

こうして、ほぼ千三百年にわたって伝えられている間に、物語はさまざまに姿を変え、伝説ゆかりの地も、京都府伊根町の宇良《うら》神社をはじめ、あちこちにある。


それにしても、詫間では、太郎が生まれた里を「生里《なまり》」といい、「糸の越」、「積浦《つむ》」や「室浜（不老浜《ぶろま》）」、「仁老浜《にろま》」など、地名に因って浦島のストーリーが実に細かく組み立てられているのには驚いた。

「箱浦」は、太郎が竜宮へ旅立った所で、また、玉手箱を開けた所でもあるという。

「紫雲出山《しうでやま》」は、玉手箱から立ち昇った煙が、紫の雲となってたなびいた山といわれ、山上に太郎の霊を祀る竜王社がある。標高三五二メートルで、荘内半島では最も高い山であり、約二千年前、弥生中期の高地性集落の遺跡でもある。

山道への登り口に、竜宮城を象《かたど》ったトイレがあった。

もしかして、ここに入って、出てきたら、何年も経っていた、ナンテコトが？

中腹まで登ると、ヤブツバキの林の鮮やかな紅と、ほれぼれする鶯の声。

夕暮れ近い海のトロリとした青さの中に点在する島の姿の何と優しいこと。

北東に見える粟島《あわしま》は、三つの島がつながっている島で、そこにも「姫路《ひめじ》」、「亀戎社《かめえびすしゃ》」と太郎のストーリィに因んだ伝説の地名がある。

ふと足元を見ると、一面に薄紫の絨毯のようにすみれの花が咲いていた。けぶるように淡い花々は、昔むかし、玉手箱から立ち昇った紫の煙が、やがて夜露と共に地上に舞い降りたもののようだった。

それにしても、かの玉手箱の話は、一体どういう意味を持っているのだろうか?

大昔から、例えばイザナキ・イザナミの昔から、タブーは破られるのが常であり、そのことによって話は一気に破局を迎える。

そしてなぜか、それらのタブーを課すのは殆ど女で、しかも異界とかかわる女である。

あの玉手箱は、乙姫の愛と信頼のシンボルであり、それを受け取り大切に持っていることが浦島の愛と信頼の証《あかし》でもあったはずだ。

その双方の愛が、玉手箱を結わえていた紐のように固く結ばれている間は、何の問題もなかった。

しかし、浜に独り坐る浦島の不安や淋しさがつのり、その愛と信頼がかすかに揺らいだ時、「開けるな」というタブーを破ることへの誘惑におそわれる。

つまりは、人間という存在が抱く根元的な弱さと愚かさの故に、タブーは侵されるのであろう。

そして、箱から立ち昇る煙。

それは、それまで箱に籠められていた二人の愛が、忽ちにして雲散霧消してしまったということなのだろうか?

または、愛とか信頼とかいうものは、もともと実体のないもので、〝在る〟と信じることによってのみ存在し得るものなのだろうか?


「きっと、あれが丸山島ね」

紫雲出山から下りる途中、鴨の越の海岸辺りに、亀がうずくまったような形の島が見えた。その浜辺で太郎が亀を助けたというので、「丸山島」には「浦島神社」が祀られているという。

引き潮の時には歩いて島まで渡れると聞いていた。

ラッキー! 丁度、今がその時のようである。

鴨の首のように突き出た岬の先にある島まで、一本の道がすーっと続いているのだ。

――讃岐の浦島さんが招《よ》んでいるのかも。

若草色の海藻と貝殻で覆われた干潟の道は、ツルツル、デコボコ、何とも歩きにくい。

磯の香が足元から立ち昇ってくる。

こんもりと木々が生い茂った島は、近くで見ると意外に大きかった。

正面に、鳥居と斎垣《いがき》に守られた古い社があって、土地の人は「明神さん」と呼んでいる。ずっと昔から、海の守り神として大切に祀られているようだ。

その横の簡素な鳥居に「竜王宮」の扁額《へんがく》があった。奥には、屋根が竜宮の形をしている真新しい小さな石の祠。これが「浦島神社」であった。

ここに祀られている浦島さんは、常世《とこよ》の浜から響く波の音を聞きながら、今も乙姫さまを恋しがっているのだろうか。

潮風に吹かれて、黄昏の干潟の道を戻っていると、この穏やかで美しい浦々や島々に、浦島太郎の話があるのは少しも不思議ではないように思えた。

日本各地にいろいろな型の桃太郎の昔話があるように、浦島の太郎さんの話も海辺のそれぞれの里に、伝説ではなく、昔話のひとつとして語られるのは自然なことかもしれない。

時移り、時は流れてゆくうちに、それらはいつか「旧《ふ》りにし世のこと」として伝えられてゆくのであろう。

さまざまに思いを廻らしながら島を振り返ると、ぐんぐんとまるで海にひきこまれるように夕陽が沈むところだった。落日の光が波に砕け、散り、煌《きら》めく。

やがて、残照の淡い光は静かに色を変えつつ、次第に海の深い藍に溶けていった。

そして、闇がゆるやかに辺りを包む。

太古の昔から、そうであったように。

たんぽぽ

私が子供だった頃――春の訪れを知らせてくれたのは、野原のたんぽぽやれんげ草だったように思う。

蒲 公 英 や 日 は い つ ま で も 大 空 に　　中村汀女

日がな一日花を摘んで、首飾りや冠を作ったり、ままごとの御馳走にしたりと、遊びに夢中になっている子供たちを、お日さまはゆったりと見守っておられた。

そして「たんぽぽ」のやわらかな語感は、いつも、私をほのぼのと郷愁の世界へと誘ってくれる。

この名称の由来として、開きかけた花の形を鼓に見立てて「タン、ポ、ポ」とその音を表した幼児語である、との柳田国男説がある。

タンポポは、主に北半球の温帯から亜寒帯に広く分布している。太古から薬草として用いられており、世界中で最もよく知られ愛されている野草のひとつである。

フランスでは、サラダにするタンポポを摘むのが春の始まりとされていたそうだ。

日本でもその若菜を食用にしたが、苦みがあるので「ニガナ」、「クジナ」とも呼ばれた。

世界では二千種ほどあり、日本の在来種では、カントウタンポポ、カンサイタンポポなど、変種を含めて二十種余りが自生している。

ところで——。

日本のタンポポと外来種のセイヨウタンポポの見分け方はいとも簡単である。

日本のタンポポは、頭花を支える緑色の総苞《そうほう》（萼《がく》）が花を包むようにピッタリとついているが、セイヨウタンポポは総苞が反り返っている。

現在、私たちの周りの空き地や道端に咲いているのは、セイヨウタンポポが殆どである。


二年ほど前の春のことである。

隠岐の島を訪ねた私は、隠岐地方に自生しているオキタンポポに出逢った。

因みに、隠岐の国は古代から近世まで遠流《おんる》の地であった。

例えば、小野篁《おののたかむら》、後鳥羽上皇、後醍醐天皇などなど。

「ここに流されてきた人は、そこらの罪人とは違って都の高貴な方たちでしたよ」

案内をしてくれたタクシーの運転手さんは、誇らしげにそう語っていた。

後鳥羽上皇は、隠岐郡海士町《あまちょう》にある広大な神域の隠岐神社に祀られている。

承久の乱に敗れ、配流《はいる》の身となられた上皇は、十九年に及ぶ島暮らしの後、六十歳で崩御された。

深い木立の奥の「火葬塚」を拝し、源福寺跡（行在所跡）まで歩いた時、そのすぐ傍に広がっていたのは、黄色いタンポポの鮮やかな群生だった。

「まあ！　きれい！」

「これがオキタンポポですよ」

まるで、降り注ぐ春の陽光《ひかり》がそのまま無数の花となって、辺り一面に敷きつめられているようだった。

オキタンポポはカントウタンポポ系とされ、全体に小さく愛らしい。

絶海の孤島といわれてきた隠岐で、こんなにも可憐な花に巡り逢えるとは。

その時、心に浮かんだのは、

　我こそは新島守よ隠岐の海のあらき波風心して吹け

あくまでも上皇としての自負と、その気性の激しさを表した歌として知られている。

『新古今和歌集』は、後鳥羽上皇の院宣によるものだが、隠岐では、敷島の歌の道がお心の支えでもあったという。

生きて再び都の月を、との願いは遂に叶わず、人の心の頼み難さを嘆きつつ配所での日を過ごされた上皇。
その目に映る海の色はどんなにか暗く、風の唸りもすさまじく響いたであろう。
一方、厳しい自然に育てられ、根強い生命力で咲き続けるタンポポの明るい色。
その鮮やかな対比は、一枚の絵のように私の心に残されている。

今も、オキタンポポを憶う時——
黄色の花冠をつけた童女たちに逢う。
光の粒がはじけるような笑顔。
青く澄んだ空。風が運ぶ磯の香。
タ、タン、ポポ、ポ。タン、タタ、ポ。

遠く、遠く、童女の打つ鼓の音が聞こえる。
上皇も聞かれたであろう、潮騒の遙かな響きと共に。

子安の木　子安の石

四月半ば、宇美八幡宮境内の大楠はやわらかな若緑に覆われていた。

子安祭の十五日は、大安の日曜日と重なって、朝早くからお宮詣りの人の姿が多かった。みどり児をそーっと抱いた若夫婦、付き添っている親たちも、それぞれに晴れ着姿で「はい、ポーズ」、いつ見ても心和む情景である。

宇美八幡宮は、昔から安産・育児の神として篤く信仰されてきたが、それには次のような話がある。

神功皇后は朝鮮から帰還の後、ここ蚊田《かだ》の里で誉田別皇子《ほむたわけ》（応神天皇）を産まれた。その故に、後にこの地を「宇美」と名づけた。

出産の際は槐《えんじゅ》の枝にとりすがっての安産であった。

こうした由来によって、槐は「子安の木」と呼ばれ、宇美八幡の御神木として、今も大切に守られている。

社殿向かって左側にある槐の木は、初夏になると、枝先に小さな淡黄色のやさしい花が穂のように連なって咲く。

中国原産でマメ科の落葉高木である。

「エンジュ」は和名で、古代中国では、「槐樹《かいじゅ》」として尊ばれており、朝廷を「槐廷《かいてい》」、大臣の位を「槐位《かいい》」と称した。

日本でも、それに倣《なら》って平安の頃から大臣の位を「槐位」といい、大臣邸の門の辺りに槐の木を植えて「槐門《かいもん》」と名づけたという。

一方、並木として各地に植えられ、その実や花は薬として重用されてきた。

唐代の医書には「槐の東に伸びた枝を取って妊婦に握らせると安産となる」と記されているそうで、古くから、安産の木と信じられてきたようだ。

宇美八幡宮には、他にも応神天皇の誕生にまつわる伝承がある。

その木の下で産湯を使わせたという「湯蓋《ゆぶた》の森」。また、産衣を掛けた木として「衣掛《きぬかけ》の森」など、樹齢二千年の堂々たる楠の大樹が豊かに茂っている。

ところで、私の家から毎日その麗姿を仰ぎ見る宝満山にも、応神天皇の産湯として「益《ます》影《かげ》の井」の水を使って、山頂近くの「竈門岩《かまどいわ》」で湯を沸かしたという伝説がある。

古代人の発想のスケールの、何という大きさ、大らかさであろう。

ご本殿の後ろにある湯方神社《ゆのかた》の小さな社は、神功皇后に助産の奉仕をした女官を祀っている。

その社の前に「子安の石」の碑があり、幾つもの石囲いの中には小石が積み上げられている。

「子安の石」とは——。

安産を願う人たちが、お守りとしてこの石を預かって持ち帰り、出産後には別の新しい石に産まれた子の名前などを書いて、両方をここに納めることになっている。

山と積まれた石には、それぞれに「命名○○○○／○年○月○日生まれ」の文字が記され、「無事安産でした。有難うございました」、「元気に育ってね」など、感謝の念や親の願いも書き添えられていていてほほえましい。

春の陽射しを受けている丸い石にそっと触れてみる。ほのかな温もりが。

それは、確かに受け継がれた心の温もり。

いつの時代にも、授かった新しい生命を喜び、神に感謝し、生まれた子を大切に守り育ててきた人々の心を思わせた。

その日、赤ちゃんを一人ずつ抱いている若いカップルに出会った。

子安石を返してほっとした表情でお互いを見、赤子を見つめる眼差《まなざし》の初々しいこと！

双子さん？ と、声をかけると、

「はい、男の子と女の子です」

まあ！ それは、それは、おめでとう！

でも、何かとたいへんでしょうね。

「ええ、でも、その分、楽しみも二倍です。〝一度に二人も、うちにきてくれて、ありがとう！〟っていう気持です」

なんてすばらしいこと！

どうぞ、元気で良い子に育ちますように。

「ありがとうございます」

両親の腕の中で、すやすや眠っている双子の赤ちゃん。

子は宝——昔からのその言葉が、今ここに、生き生きと輝いている。

新たなる生命の芽吹きの季節。

緑の清々しい風は、神々の声のように辺りに満ちていた。

健やかなれよ、真幸《まさき》くあれと。

桃太郎と鬼

「むかしむかし、あるところに」で始まるお伽噺の桃太郎。両足をしっかりと踏ん張り、小手をかざして遙かな方を見据えている。お供に従うは犬・猿・雉《きじ》の勇者トリオ。

ＪＲ岡山駅前に立つ桃太郎像は、ここ岡山が桃太郎噺の総本家である、と胸を張っている。確かに吉備の国のきび団子、名産の白桃などこの噺の重要な道具立ては揃っている。

また、岡山の吉備津神社は、備中一の宮として、吉備津造（比翼入り母屋造）の社殿の端麗、優美な姿で名高いが、その祭神の大吉備津彦命《おおきびつひこのみこと》（五十狭芹彦命《いさせりひこのみこと》）は、桃太郎のモデルともいわれている。

その上、この地に伝わる「吉備津彦の温羅《うら》退治」の話が、「桃太郎の鬼ケ島征伐」と重なりあって、近年はその謎解きも色々とされており、「ふーん、なるほど」と思わせられることも多い。

しかし、あまりにも話の辻褄が合いすぎると、私の中の天邪鬼《あまのじゃく》は俄に目をさまし、しきりに私をつつき始める。そこで、私は桃太郎を追いかけるうちに鬼と出逢うことになる。

二つの話に共通の鬼退治で、「桃太郎」の鬼は涙を流して命乞いする哀れな鬼だが、「吉備津彦」に敗れた後の温羅は、何とも凄まじい鬼なのである。

吉備津神社の縁起によれば――

温羅は、吉備《きび》の冠者《かじゃ》ともいい、百済から渡来した王子といわれるが、身の丈一丈四尺、猛々しい風貌と暴虐な振舞いで、異国の鬼神と恐れられていた。

その征伐に、孝霊天皇の皇子、五十狭芹彦命が遣わされ、命は、変幻自在の鬼神を再三の凄絶な戦の末、遂に屈服させた。

その時献じられた名を受けて、吉備津彦命と名乗った。

命は温羅の首を刎ねて曝《さら》したが、その首は何年経っても大声で唸り、止まないので、今度は犬に食わせた。しかし、首は髑髏《どくろ》となってもなお吠え続けたので、吉備津宮の釜殿の竈の下に埋められた。

それでも唸り声は、十三年もの間近郷に鳴り響いた。

ある夜、命の夢に温羅の霊が現れて、「吾が妻、阿曾《あそ》の祝《はふり》の娘、阿曾媛《ひめ》をして命の釜殿の神饌《みけ》を炊《かし》がしめよ。もし世の中に事あれば竈の前に参り給わば、幸あれば裕《ゆた》かに鳴り、禍あれば荒らかに鳴ろう。命は、世を捨てて後は霊神と現れ給え。われは一の使者となって四民に賞罰を加えん」と告げた。

これが有名な「鳴釜《なるかま》の神事」の起こりとされ、温羅の霊は、吉備津神社本殿の外陣にある「艮《うしとら》 御崎《みさき》宮」に祀られている。

御釜殿の鳴釜の神事。

鉄釜にのせられた甑《こしき》（せいろう）から、湯気がさやさやと立ち昇る。その静寂の中にピーンと張りつめた気配が漂い、薪のはじける音が辺りを切り裂く。

巫女（阿曾女《あそめ》）が玄米の入った掻笥《かいけ》（小桶）を持ち祈りを捧げ、甑の中で振り始める。

神官の祝詞が低く流れ、やがて、ごうごうと遠くから押し寄せる潮のような音、地の底からの響きにも似た釜鳴りの音。

それを、温羅の慟哭と感じた瞬間《とき》。

私は、鬼と呼ばれ、酷く滅ぼされた者の烈しい怨念の唸りを聞いていた。

釜の前の阿曾女に「決して忘れるな、この無念を」と呼びかける声であった。「釜鳴りの占いを申し出たのも、阿曾女を巫女にと望んだのも、みな取引きであったのだ。鉄づくりに勝れていた我等が、権力の策に敗れ、鬼として葬り去られたこの恨みを長く末代まで伝えんがための……。阿曾女よ、ゆめゆめ忘れまいぞ」

地の底の闇からの愛しい夫《つま》の咆哮に、阿曾女は熱い涙をしたたらせた。

温羅が住んだという鬼ノ城《きじょう》は、石塁と土塁を廻らした堅固な朝鮮式山城で、その麓の阿曾地区は、古代吉備の一大製鉄コンビナートの中心地であったという。

朝鮮からの渡来人が伝えた先進技術は、砂鉄の産地である吉備に製鉄王国の繁栄をもたらし、中世・近世を通じて、備中阿曾の鋳物師《いもじ》の名は日本中に知られていた。

因みに、石川五右衛門の釜ゆでの刑に使われた釜は、〝阿曾製〟という話もあるそうで、鬼神ゆかりの阿曾の釜で大盗賊（鬼）を誅《ころ》したとは、何やら因縁話めいている。

「吉備津彦と温羅」の伝説は、数々の地名や伝承遺跡として、この地方に残っている。

確かに、大和王権は吉備を征服し、鉄を奪い、滅ぼした相手を鬼として歴史の裏の暗闇に閉じこめた。

けれど、鬼という理由で征伐された温羅をほんとうの鬼にしたのは、その憤怒であり、怨念ではなかったのか。

そして、土地の人々の滅ぼされた温羅への密かな心寄せは、深い闇の底の鬼のうめきに耳を傾け、伝説として語り継いできたのだ。

もともと、昔咄の「桃太郎」と伝説の「吉備津彦」の話は別のものであって、それがいつの間にか偶然に或は意図的に、吉備津彦＝桃太郎として流布されたのではないかと思われる。

日本中に広く分布する「桃太郎」の咄には、実にさまざまなヴァリエーションがある。川上から流れてくるのは香箱だったり、お供の家来にしても、臼、糞、針、水桶など「さるかに」の咄に似たキャストが出てきたりする。

また近代において、桃太郎ほど、時代の波をまともにかぶった昔咄の主人公はいない。軍国主義やプロレタリア階級の希望の星として活躍したかと思えば、戦後は一転して、民主主義の桃太郎として登場している。

それらの話の中で、鬼は、常に征服されるべきものとして、あっさり降参し、征服者の論理＝正義によって締めくくられた。

しかし、それぞれの土地で語り伝えられた「桃太郎」の鬼とは、子供が成長してゆく過程での多くの困難や危険、恐怖を形として現したものであり、いわば通過儀礼としての鬼退治の冒険の後に手に入れる宝とは、その子が自立し一人前となることの象徴なのではないだろうか。

そして、不思議なことに、岡山地方に古くから伝わっている「桃太郎」の話の中には鬼は出てこない。

川上から流れてきた桃から生まれた桃太郎は、じじ・ばばに大事に育てられて大きくなったが、これが、食っちゃあ寝のものぐさ桃太郎。

ある日、やっとこさ山へ出かけて行ったが、ここでも飯だけ食って大いびきで寝ていた。夕方になって山を下りる時、大木の根っこに小便をして、その木をゴボッと引き抜いてかついでいった。

家に帰って、その木をドサッとおろしたら、小屋がふっとんでしまって、じじもばばも腰をぬかしてしまった。

何という豪快な咄だろう。この光をいっぱいに浴びた野放図な桃太郎は、この土地の大らかな風土から生まれたものに違いない。

こうした太陽と土の匂いのする「桃太郎」が語られる一方で、温羅は、まつろわぬ鬼として伝説の中で生き続けてきたのだ。

その豊饒《ほうじょう》なる闇の奥深くに。

讃岐の桃太郎

四国は春の盛りであった。

走り続ける車の正面に、「讃岐富士」の優美な姿が春霞の中から浮かび上がった。

「もうすぐよね」

目的地は高松市鬼無《きなし》町。盆栽と植木で有名な町だが、また、桃太郎の鬼退治伝説の地で「桃太郎神社」があるという。

予讃本線の鬼無駅近くの坂道を上っていくと、満開の桜の木々の間に「桃太郎神社」の扁額のある鳥居が見えた。

拝殿の外壁には、桃太郎が鬼を踏んづけている真新しい絵。内部には、子供の頃絵本で見たような額絵が、ずらりと賑やかに並んでいる。

ところが、奥の御本殿の扁額は「熊野権現」となっている。

この熊野権現の由来については、

上古、この里に鬼がいて人を害したが熊野権現がこれを退治した。人々は喜んで、祠を建て熊野の神を祀り、この里に鬼無しと言った。故に鬼無《きなし》の里となった。

と、『全讃史』に記されている。

つまり、初めは上笠居村字鬼無の熊野権現を祀る社であったのが、桃太郎の鬼退治の咄とうまく結びついて「桃太郎神社」となったのだろう。

「やっぱり、昔咄はちゃんと伝えていかなきゃならんですよ」

この神社の世話を長年続けて居られる下河さんは、熱のこもった口調で話される。

「わたしが子供の頃は、じいさんから、ここが鬼塚、あそこが洗濯川と、いつも桃太郎さんの話を聞いて育ったもんで」

境内には、桃太郎の墓と並んで、お供の犬・猿・雉の墓、それに爺婆の墓まで揃っていて、実に見事な舞台装置である。

八十歳近い下河さんは、軽い身のこなしで見晴らしの良い丘まで案内して下さる。

「あれが柴山ですよ」

細い山道の奥から、薪を背負ったオジイサンが、ふと現れてくるような気がする。

「あっちのほうに鬼ケ島（女木島《めぎしま》）がありましてネ、ここ（神社）から見ると丁度艮《うしとら》の方角になるんですよ」

何と、鬼ケ島は鬼門の方角にあって、昔々の桃太郎はお供の家来を従え、今もここで鬼を見張り、しっかりと押さえこんでいるのだ。

巨大な洞窟のある女木島は、今や「レジャーランド・鬼ケ島」となっている。

洞窟は、かつて古代人の住処《すみか》や、海賊の巣窟だったようで、そのせいか、ここでは鬼の正体は海賊だろうといわれている。

そういえば、備讃瀬戸は古代から水上交通の要衝であって、周辺の島々を根城に水軍、海賊が活躍していたところである。

神社の山道を下り、線路を渡ってすぐの所に「鬼ケ塚」があった。

「ここに鬼の首を埋めたそうで、昔はずいぶん広い場所だったんですがね」

塚の前に「鬼無駐在所」があった。「鬼ハ駐在スル所無シ」と読んでみると面白い。

ここの鬼の話は、ちょっと変わっている。

鬼たちは、一旦は降参して命乞いをし、宝物を全部差し出したのだが、しかしこのままではいかにも口惜しいと、仲間を集めて宝物を取り返しに逆襲してきた。

そして、激しい戦いの末、鬼は全滅した。

子供の頃、かなりヘソ曲がりだった私は、桃太郎の絵本を見て「オニハ、コウサンシマシタ」と、あっさり悔い改める箇所が、どうも気に入らなかった。

が、讃岐の鬼は「何ともかとも残念至極！」と追いかけて来て、挙句の果て見事に全滅。

実に豪快で、カラッとしていて、陽性の鬼の面目躍如である。

その反対の陰性の鬼として思い出すのは、岡山の吉備津神社*のお釜殿の鬼（温羅《うら》）の凄まじい怨念の唸りである。

祭神の大吉備津彦命は、鬼を退治した〝吉備の桃太郎〟といわれている。

一方、〝讃岐の桃太郎〟は稚武彦命《わかたけひこのみこと》だといわれ、共に孝霊天皇の皇子で大吉備津彦命の弟である。瀬戸の海を挟んで、吉備と讃岐に、兄弟二人の桃太郎がいて、それぞれの話に登場する鬼の性格が対照的なのも面白い。

鬼の塚の傍には、ヤブツバキの花が咲きこぼれ、その鮮やかな紅が目にしみた。

「鬼ケ塚」からしばらく行くと本津《ほんづ》川。

「オバアサンハ、川ヘセンタクニ」行ったという例の川で、土地では〝洗濯川〟と呼んでいる。

「ほら、あの辺りに、昔、みんなが洗濯した洗い場があったんですがねー」

両岸の緑を映した川は「ドンブラコ、ドンブラコ」と桃が流れてくるのにふさわしく、いかにもゆったりと流れている。

鬼無には、この他にも桃太郎の咄に因む地名がいくつもある。

「鬼無の桃太郎伝説」は昭和の初め頃、橋本仙太郎氏が、博学と執念の調査によって、地名による「桃太郎伝説」を構成したものとされている。

もっとも、桃太郎の昔咄は、日本各地にさまざまなタイプとストーリィで分布しているから、ずっと昔から、ここ鬼無で語られた咄も確かにあったのだろう。橋本氏も祖母の語る桃太郎の咄を聞いて育った、と述懐しておられる。

幼い日に聞いたお伽咄は、その子、その孫へと語り伝えられてきたのだ。

いつの時代にも、親は、健やかに育った子が勇気と知恵に富み、数々の苦難を乗り越えて、逞しい若者へと成長してゆくことを願う。

だから、「桃太郎」は特定の英雄なのではなく、親たちの素朴な願望、理想像であって、昔々から日本中に沢山のモモタロウがいたのだと思う。

「昔は、この辺りはずーっと桃畠でね。桃の花の咲く頃は、そりゃもう、夢のように美しかった」

ふーっと、遠く過ぎた日を見るような下河さんのまなざし。

うらうらと照る陽ざしの中、山里は一面の桃の花で埋まり、花の香に満ちている。

「モーモタロサン、モモタロサン」

不意に、懐かしい歌と共にそこここの木陰から駆け出してくる子供たち。

身体のあちこちに赤チンの勲章をつけた子も、青洟《ばな》をたらした子も、赤い頬っぺの子も、泥まみれの子も。

みんな、みんな、立派なモモタロウである。

日がな一日、棒切れを振り廻し遊び戯れるモモタロウたちの元気な声が響き渡る。

「オコシニツケタ　キビダンゴー」

つられて私も声を合わせる。

「ひとつ、わたしにくださいなー」

哀しいほど美しい夕ぐれの空に、童たちと私の歌は吸いこまれていった。

「せっかくおいでたんだから、名物のうどんでも」

腰をのばして歩き出した下河さん。

その後ろ姿は、あれれ？

モモタロウのオジイサン？……

夢の続きのような気持でご馳走になった鬼無のうどんは、シコシコとおいしかった。

＊「桃太郎と鬼」一一四ページ参照

うみてらし

それは、息を呑むほどの見事な白さだった。

五月の空と海の爽やかな青、眩しいばかりの山の若緑の中に群生するヒトツバタゴの白い花は、空へ、空へとあくがれ続ける魂のように輝いていた。

また、無数の白い炎のぼんぼりのように、遙かなる天に捧げる祈りのように。

辺りに漂う花の香は、ほのかに甘く、優しく、すーっと心に沁みこんでいく。

「なんじゃもんじゃ」、「うみてらし」、「なたおらし」と、ユニークな別名を三つも持っているこの花に、やっと会えたのだ。

ヒトツバタゴは、対馬の最北端、鰐浦《わにうら》に自生し、五月初旬、一週間程の短い間に咲き競う不思議な花で「なんじゃもんじゃ」。

また、夜の海を照らすほどに咲き誇る白い花を、人々は「うみてらし」と呼んでいる。

そして、海に向かった斜面の荒々しい岩に、ふんばるように根付き、海風に晒され続けた木の肌は、したたかな強さを感じさせる。その幹は、鉈の刃も折れるくらいに硬いので

「なたおらし」ともいう。

しかし、この花のひとつ、ひとつ、切れ込みの深い細い花びらの何という繊細さ。

枝先にふっくらと白い花房をつくり、皐月の風にふさふさと揺れなびく優しい風情。

それに、のびのびと四方に枝を張った姿の何という大らかさだろう。


「ピーヒョロロ」

入江のあちこちに、悠々と群れて舞うとんびの甲高い声が響いている。

車で島を廻っていると、どんな小さな入江にも祠や社が祀られているのが見えた。

対馬は、『魏志』倭人伝に「南北に市糴《してき》す」と記されたように、耕地少なく、魚労と交易で成り立つ島であった。

海に依り、海に生きる人々が海神《わたつみ》を祀るのは、ごく自然なことであったろう。

厳しい自然と向き合い、折り合いをつけて暮らしてきた島人は、それぞれに神に祈り、精一杯働き、神に感謝して日々を紡いできた。


峰町木坂の海神《わたづみ》神社は、対馬一の宮で、かつて八幡宮と称した時期もあって、御祭神に、豊玉媛命《とよたまひめのみこと》と鵜茅葺不合尊《うがやふきあえずのみこと》、神功皇后と応神天皇の二組の母子神を祀っている。

伊豆山に鎮座する御本殿は、二百八十段の石段を登りつめた、正面から海を見下ろす位置にある。

人影もなく、風の音と鳥の声のみの静寂荘厳の杜。石段に腰を下ろし、落日の残照にきらめく海を眺めていると、まさに海神の社にふさわしいという気がしてくる。

この木坂の里には、その昔、「原上＝波留阿我里《はるあがり》」という産屋《うぶや》の風習《ならわし》があったそうだ。それは「出産に臨んで、俄に産室を別に作り、それが出来上がらないうちに分娩する」というもので、神話の豊玉媛が鵜茅葺不合尊を出産した時の故事に倣ってのことであった。

出産が女にとって命がけの大事であった昔、海人《あま》の里人の安産への切ない願いが伝わってくる話である。


豊玉町仁位《にい》の浜に鎮座する和多都美《わたづみ》神社は、海中に建つ三基の鳥居によって、海神の国へと導かれている。

御祭神は、彦火火出見尊《ひこほほでみのみこと》・豊玉媛命で、由緒によれば、ここは海宮の古跡とされ、海幸山幸の神話などが伝えられている。

ひっそりと小さな社殿を取り囲む石垣や鳥居の鄙びた感じ、御神体石ともいわれる鱗状の霊石「磯良《いそら》えべす」などは、いっそ、原初的なわたつみの宮を偲ばせる。

夕映えの色が失せ、薄闇が迫ってくる頃。鳥居の続く静かな海に向かって立ち、社殿まで波が押し寄せるという満潮《みちしお》の有様を思い浮かべると、そのまま、遠い神々の世界へとつながってゆく。

月夜の海辺。

豊玉媛は渚に立ち、夫、火遠理命《ほおりのみこと》（彦火火出見尊）に涙の瞳で別れを告げる。

――あれほどに、見ないで下さいまし、とお願いしましたものを。

八尋《ひろ》の大鰐の姿になって子を産む様を見られた恥ずかしさ、タブーを破った夫《つま》への恨み、怒り。もう二度と取り戻すことのできない愛しい夫との日々。

定めによって、海神の国へ帰らねばならない媛の心は、悲しみと嘆きに激しく渦を巻く。

その夜、島中の「うみてらし」は、澄んだ月の光を受けて、一斉に真白な炎を燃え上がらせ、海の面をひときわ鮮やかに照らし出した。

振り返る媛の瞳も、島も海も、白い炎に包まれる。

とめどなく溢れる媛の涙は、真珠《しらたま》となってちりばめられ、寄せては返す波のうねりにキラキラと輝いていた。

野の老

今、私の手許に一枚の押し葉がある。

もう緑はすっかり褪せ変色しているが、すんなりとやさしいハート形の葉である。

さて、話はこの葉を届けてくれた友人のクイズから始まるのだが。

「野老」と書いて、何と読む？

うーん、「やろう」？　まさかネ？

じゃ、ちょっと古風に「野《の》の老《おゆ》」とか？

正解は、「ところ」（ところづら）。

ヤマノイモ科の多年生蔓草で、山野に自生する「ところ」は、毎年同じ場所から芽を出す。つまり、数十年も「所」を変えないのでこう呼ぶ、との説もある。

でも、なぜ「野老」なの？

この根茎にはヒゲ根が多いことから、老人を連想したのだそうだ。

あっ、そうだったのか！

腰を曲げ、長いヒゲをピンと伸ばしたエビを海の老に見立てて「海老《えび》」とし、片や、ごつごつと骨張った細い体にヒゲを蓄えた感じのヤマノイモを野の老と見て「野老《ところ》」と書き表した発想の面白さ、日本語と文字の言葉あそびの楽しさに、今更のように感心した。

それからしばらくして、たまたま『古事記』の中にその名を見つけた。

倭建命《やまとたけるのみこと》は、故郷を偲んで「倭は国のまほろば……」と歌った後に、伊勢の能煩野《のぼの》で亡くなった。この時、命の后や御子《みこ》たちが、御陵《みはか》の傍を這い回り、声をあげて泣き叫び、次のように歌ったと書かれている。

　なづきの田の　稲幹《いながら》に　稲幹《いながら》に　匍《は》ひ廻《もとほ》ろふ　野老蔓《ところづら》（登許呂豆良《ところづら》）

また、『万葉集』の中にも、作者不詳だが、吉野で詠まれたものとして次の歌がある。

皇祖神《すめがみ》の神《かみ》の宮人《みやびと》　冬薯蕷葛《ところづら》　いや常《とこ》しくに　吾かへり見む　（巻七・一一三三）

これは「常しくに」を導く序として「ところづら」を用いているが、この頃も、やはり芽出度いものと考えられていたのであろうか。

古代からごく自然に自生していた「トコロ」は、まさに自然生《じねんじょう》＝自然薯《じねんじょ》で、少し苦味があるらしいが、それを除いて食用に供されたことが平安時代の物語などにも見られる。

しかも「トコロ」は、民俗の上でも、日本人の生活と深いかかわりがあって、トコロ蔓には、害毒を及ぼす物を遮断する力がある、と信じられていた。

かつて、田植時に山深い村から雇われてくる女たちは、山家早乙女《やまがさおとめ》と呼ばれたが、トコロ蔓を鬘《かづら》として頭に巻いたり、腰に巻きつけたりして、不浄のものを近づけない、聖なる早乙女であることを示していたという。

そして、古い時代から「野老」は神や仏への供物とされ、「海老」と共に正月や祝い事の飾り物として用いられてきた。

私たちの祖先は、このように「老《おい》」を芽出度いこととして祝い、また古老は、豊かな人生経験と確かな知恵を併せ持ち、尊ばれ、敬われるべき存在であった。

そう思う時、私の脳裏に浮かぶのは、能楽（猿楽）の「翁」である。

かの「翁」の面に刻まれた深い皺が醸し出す笑《え》まひの表情の豊かさ、それは、深々とした慈しみであると同時に、すべてを包みこむ大きさ、そして凜としたものさえ感じさせる。

この神聖な面をつける時、人は神になるという。

「翁」とは、つまり神の化現《けげん》なのである。

「老」をそのように見てきた昔の人々の心ばえの何と床しいことだろう。

一方、高齢化社会となった今の時代に、私たちは、「老」をどのように見、受け止めているのだろうか。

多様な価値観の今日、「老」の像《すがた》もさまざまであろうが、時の流れが一人の人間の心をどのように洗い、磨き、そして何を残してきたかによって、それぞれの老いの日があるのだと思う。

幼い日の遠い風景の中に祖母が居る。

縁側の日だまりで、長い編棒を魔法のようにあやつって編物をしていたおばあちゃん。

毛糸の玉をころがして遊んでいる私を時々振り返って、「メッ」というおばあちゃんの目が笑っていたっけ。

おばあちゃんは、ずっと昔からおばあちゃんで、いつも静かに毛糸を編んでいる人。

子供の私は、ずっとそう思っていた。

でも、おばあちゃんは、十人の子を生んで、賭事と遊び好きのおじいちゃんに代わって、大きな店を取り仕切り、ずーっと苦労してきた人だった……なんて。

それなのに、いつも穏やかで優しかった眼差。ほんわかと日なたぼっこのような温もりとさりげない静かさがその周りにはあった。

今の私には、そうした祖母の面影がこの上なく尊い、慕わしいものに見えてくる。

それは、私もまた、いくつもの季節を通り過ぎ、老いの坂を辿りつつある故だろうか。

月見草

もう十年余り前の夏、O先生のお宅に伺った時のことである。

「ほんとの月見草を見たことがありますか」

「ほんとの？　月見草？」

その時、私の頭には、夕暮れの河原に咲いている黄色い花の群と、竹久夢二の描いた、待てど暮らせど来ぬ人を待ちわびる娘のうるんだ瞳が揺れながら浮かんでいた。

「いや、あれは、正しくはオオマツヨイグサといいます。一般には、それを月見草と呼んでいますが」

「これが、ほんとの月見草ですよ」

と、蕾のついた株を分けて頂いた時は、どんな花が咲くのかしら、とドキドキした。

草丈三〇センチ程の華奢な月見草は、北アメリカ原産で、江戸末期にわが国にやってきたが、見かけによらずなかなか気難しいらしく、日本の風土にはあまりなじまなかったようで、今では殆ど見られないという。

それなのに、なぜか小さなわが庭の一隅はお気に召したようで、夏ごとにひっそりと白い花を見せてくれる。

かの古き物語に描かれた「夕顔」よりも、もっと儚い花である。


日が沈み、ふっと涼しい風が通る垣根の辺りに、ほっそりとした立ち姿の月見草。

しっとりとふくらんだ莟を、ゆるやかにほどいてゆく花の息づかい。

うすく、やわらかな四枚の花びら。

かすかに触れただけでも、ハラリと散ってしまいそうな風情。

けれど、それはまた、この上なく高貴な女人《にょにん》の面差しにも似て。

たおたおと宵闇に浮かぶ白い花。

夜は更けゆき、中天に輝く月は、透きとおるような花の盃に絶え間なく銀色の光を注ぐ。

月と花、そして、風も虫も、今宵のすべては一期一会の宴の座に連なる。

空が曙の色に染まる頃、花はしずかに閉じられ、ほんのりと薄紅《うすべに》にうなだれる。

そのあえかな色の何という美しさ。

それは、夜もすがら月の光を享けた花の情《こころ》のいろ。

それは、内に深く秘められたものが、おのずと染めあげた念《おもい》のいろ。

時移り、花は、小さな緑の実を結ぶ。

ひたすらな祈りを捧げる、か細い手の形をして。

昔から人は花を愛し、花に思いを寄せ、花に心を託してきた。

さまざまな花は、すべてその中に宇宙を抱き、それぞれが美しさに満ちている。

花の王と呼ばれる牡丹。女王の気品と美しさのバラ。気位も香りも高い蘭。清々しい香気の菊。こうした華麗な花だけではなく、大自然に育まれた山野の草花たちにも限りないとおしみの心を寄せてきた。

私はどちらかといえば、ひっそりと咲く花たちに、より心を惹かれる。

そして私の好きな花は、どれも忘れ難い人々や懐かしい風景の思い出の中に、優しく咲きつづけている。

私を、月見草やいろいろな野の花たちに逢わせて下さった方は、いつも物静かに、野山の草や木、花たちと語り合う方であった。

その方が世を去られたのは、昨年、野分《のわき》立つ頃であった。

野も山も、なべて美しい彩りと豊かな実りへのプロローグを奏でている時、遙か、野の道の彼方に、その方の笑顔があった。

天神さまの細道

通りゃんせ　通りゃんせ
ここは　どこの細道じゃ
天神さまの細道じゃ

子供の頃、よく歌って遊んだこの唄は、「往きはよいよい、帰りはこわい」という言葉と共にずっと私の心の片隅に残り、今も不思議な怖ろしさと懐かしさで響き合っている。太宰府に住むようになってから、この童唄はここで生まれたものに違いない、と勝手に思いこんでいた。

ところが、太宰府市の民俗調査では、童唄、遊び唄の項に「通りゃんせ」が出てこない。そんなはずはないのに、と何か割り切れない気持が続いていた。

丁度その頃、所用で上京した折にたまたま川越市の散策をすることになった。

かつて「小江戸」と呼ばれたこの街は、蔵造りの家並など、至る所に城下町の面影を残している。

そして偶然にも、この街で「わらべ唄〝通りゃんせ〟発祥の所」と記された碑に出会ったのである。

それは、川越城本丸に近い三芳野神社、通称〝お城の天神様〟の境内に建っていた。三芳野神社は、平安初期の創立とされ、天つ神である素盞嗚尊《すさのおのみこと》とその后稲田姫命《いなだひめのみこと》を祀った社であったが、中世になって、菅公の霊、天満天神を併せ祀ったという。また、室町中期の川越城築城より江戸時代を通して、城内鎮護の天神社としても崇敬された。

けれど、この社は城郭内にあるので、庶民が参詣するには、侍が厳重に警固している城門を通り、さらに社への天神門の番所を通してもらわなければならなかったという。

門番の侍との問答の末、やっとのことで通してもらった、お宮への暗く長い参道。

両側に広がる天神の森の無気味な静けさ。

有難い天神さまへの細道は、一方では里人にとって怖ろしく心細い道でもあった。

この唄は江戸期の童唄といわれ、遊びも、鬼事遊び（おにごっこ）の一つとして、その頃から伝わっているものとされる。

『川越市史 民俗篇』によると、この遊びで鬼となった二人は、高く上げた手を組んで、門をつくり、童たちと掛け合いで歌う。

私はこの時まで、それが門ではなく鳥居だと思っていたので、なぜ、鳥居をくぐるのにいちいち「どうか通してくだしゃんせ」とお願いをし、お許しを得て通るのかと不思議でならなかった。

しかし、これを門とみなして、城門や天神門の意味だと考えれば、謎は解ける。

三芳野の里に伝わる遊びでは、門を作っている二人の鬼は、目を閉じて「地獄極楽、見て地獄」と唱えながら、門をくぐる童を叩き、叩かれた者は地獄組になって、次は鬼の役をするきまりになっている。

このことは、私に、『北野天神縁起絵巻』に描かれた菅公の怨霊のすさまじさの数々と、日蔵上人の地獄廻りの恐怖の極限とも言うべき絵図を思い起させた。

それと同時に、子供の頃からこの唄に抱き続けた漠然とした不安、底知れぬ怖ろしさの根に突き当たった気がした。

人々が語り伝えた怨霊や地獄の恐怖は、いつか童たちの唄になり遊びとなっていったのだ。一見、無邪気な子供たちの唄や遊びが、その奥に人間の暗い闇を、地獄を秘めていることはよくある。民話や昔話がそうであるように。

七つの祝いは、「帯ときの祝」で、幼児から子供への節目の年齢であり、今も七五三の祝として残る通過儀礼である。

しかも、そのことの意義は、通過する本人にはさっぱり分からずに、ずっと後に自分の子を育てる頃になって、やっと分かるのであろうか。

そして、無心な遊びも結局は、人が人として成長してゆく上での大切な通過儀礼なのだと思う。

目を閉じて見る地獄極楽は、つまり自分の心の内面そのものであり、目を開けて知る地獄極楽は、人と人との関わりのさまざまな姿なのだが、所詮それも己の心ざまの映しに他ならない。

そう思い至るには、どれほど久しい年月が要ることか。

どれほど多くの地獄と極楽を経巡らなければならないのだろう。

その日、小雨に濡れたお城の天神さまの細道は、静まり返って人影もなく、空を覆う木立を見上げていると、しんと魂が吸い上げられそうであった。

通りゃんせ
通りゃんせ……

風が夕暮れの色に染まる頃、どこからか魚を焼く匂いや天ぷらを揚げている匂いが流れてくると、子供たちは落ち着かなくなる。

でも、まだ遊びたいし。

「ごはんですよ」と誰かのお母さんの声。

「ゆびきりげんまん、またあした」

ゆびきりをしたり、背中を叩き合ったり、別れの儀式で賑やかな町角。

「ただいまぁ」

玄関を開けると、プーンと天ぷらの匂い。

台所で、白い割烹着のお母さん。

「おかえり」

いつもの母の笑顔があった。

木槵樹

今年も戒壇院の木槵樹《もくげんじゅ》の花が咲いた。

見上げるほどの高さの細い枝に、黄色の小花が群がって咲く、可憐で地味な花である。木槵樹（和名モクゲンジ）はムクロジ科の落葉高木で、秋になると酸漿《ほおずき》の袋に似た実をつける。中の黒く固い種子は、昔から数珠に用いられてきたと聞く。

中国原産といわれるこの樹が寺院に多く植えられているのは、そのためだろうと今まで何気なく見てきたが、実は、天神信仰・天神伝説と深くかかわっていると知ってから、木槵樹は、私の心に根を張り大きく枝を伸ばしはじめた。

数年前の秋、河内の道明寺を訪ねたことがある。その前日、大阪の国立文楽劇場で『菅《すが》原伝授手習鑑《わらでんじゅてならいかがみ》』の通し上演を観て、一日中人形浄瑠璃の世界に浸りきった余韻が心に熱く残っていたし、菅公ゆかりの地への思い入れもあった。

道明寺は、もと土師寺《はじでら》といい、土師氏の氏寺として六世紀に建立との由緒を持つ尼寺である。

菅公が、筑紫への配流の旅の途中、この寺に立ち寄り、伯母の覚寿尼《かくじゅに》と別れを惜しまれたという話は、文楽や歌舞伎を通してよく知られるようになり、また、太宰府ともつながる伝説もいくつか語られている。

現在の道明尼寺は、明治の神仏分離令で道明寺天満宮の西隣の地に移されたものである。道明寺天満宮は、菅公が自ら刻まれたという木像を御神体としたのが始まりで、土師氏の祖である天穂日命《あめのほひのみこと》と道真公・覚寿尼を祀っている。

天満宮より一〇〇メートル程南に「古代道明寺五重塔礎石」と刻まれた石柱があった。物語の舞台ともなった古《いにしえ》の道明寺（土師寺）は、広大な寺域があって、四天王寺式の大伽藍を誇っていたというが、今は、塔の礎石のみが閑《しず》かに秋の日差しを受けている。


私がここを訪ねた理由の一つは、「道明寺の木槵樹」に会うためでもあった。

言い伝えによると、菅公は元慶八（八八四）年に、五部の大乗経を書写し埋納されたが、その経塚に木槵樹が生えた、とされている。

その樹は経塚の跡という西の宮（天満宮の摂社）の境内に立っていた。

高さ一〇メートル程もある樹は、ほっそりとした姿で、もう実はすっかり落ちていたが、しなやかな枝を澄みきった空高く伸ばしていた。

この「道明寺の木槵樹」の伝説が元となって『道明寺』（脇能）が作られた。

それには「土師寺の木槵樹の種子で数珠を作り、念仏を百万遍唱えれば、極楽往生疑いなし」との善光寺の如来のお告げを受けた相模の国の僧が、土師寺に詣でて奇瑞に会う話が語られている。

この中では「白大夫《しらたゆう》」が重要な役である。

はじめは、土師寺の翁（前シテ）として登場し、相模の僧との遣り取りがある。

後に、天神のお使いの白大夫神《しん》（後シテ）となり、僧の夢に現れて神楽を奏し、数珠にする百八の木の実を与えるという神仏の霊験譚である。

それ故に「道明寺の木槵樹」は格別に霊験あらたかなものとして人々に尊ばれ、その実が各地の寺院にもたらされたのであろう。

ここ太宰府でも、観世音寺と戒壇院の木槵樹は道明寺の種によるものといわれている。


ところで、「白大夫」については、伊勢の社人で、白衣を着け、白い髪と髭の故に白大《はくだ》夫《ゆう》と呼んだともいわれ、太宰府では次のような話が伝わっている。

菅公に従って筑紫に下ってきた白大夫は、常に影の如く公の傍らに仕えていた。

菅公亡き後、白大夫は四国に赴き、土佐に流されていた菅公の長男の高視《たかみ》卿に公の遺品を届けた。そして、間もなく病のため急死した。

謎に満ちた白大夫は、高知市大津の白大夫神社に祀られ、近くにはその墓もあった。遠い昔の伝説が、さまざまな形で語られ、謡われ、今に伝えられていることの不思議さ。ごく自然に、神仏一如の功徳の有難さに心を委ねていた人々の安らかさ。そんなことを思いながら、去年の秋に戒壇院で拾った木槵樹の小さな固い種を掌の中でころがしていると、ふっと、白大夫の姿が立ち現れた。

ややあ、いつぞやは遠い所をようお訪ね下さいましたナ。わたしは、お役目を果たしたとたんに、もう、体中の力が抜けてしまいましてナ。あのようにご立派なお方が、配所で無念の生涯を閉じられたことも、老いの身にはずいぶんとこたえましたワ。あのお方が天に昇り、神となられた後は、わたしもまた霊となって、天神さまにお仕えできるのは、まことに、この上なく有難いことでござりまする。

梅雨の晴れ間、木槵樹の葉が風にそよぎ、黄色い花の穂は、遙かな伝説の人たちへの御《み》灯《あかし》のように天に向かって捧げられていた。

神あそびの島

壱岐島――。

福岡から飛行機で三十分足らずで、玄界灘の孤島、壱岐島に着く。

この小さな島は『古事記』の国生み神話の中で、伊耶那岐命《いざなきのみこと》・伊耶那美命《いざなみ》の二柱の神が淡路・伊予・隠岐・筑紫の島々を生んだ後に「次に伊岐《いき》島を生みき。亦の名は天比登都《あめひとつ》柱《ばしら》と謂《い》う」と記されている。そして、次に生まれた津島（対馬）と共に、古代から大陸との交流拠点として、また軍事上も重要な位置を占めていたことを島の歴史は語っている。

こうした壱岐島のほぼ中央（芦辺町住吉）に、住吉三神（底筒男《そこつつのお》・中《なか》筒男・上《うわ》筒男）を祀る住吉神社がある。

〝住吉三神〟とは『古事記』によれば「天照大御神の御心である」として息長帯日売《おきながたらしひめの》命《みこと》（神功皇后）に神憑《かみがか》りし、新羅への出兵を教示して、船の守護神即ち住吉大神として登場した海の神である。

壱岐には数多くの神功皇后伝説が伝わっているが、中でも住吉三神とのかかわりは非常に深い。

住吉神社の『社記』には、「神功皇后が征韓の折、郷ノ浦の御津浜に着かれ、その海辺に住吉大神を鎮め奉ったが、後に神託によって住吉の里に遷座した」と記されていて、この住吉の地は、その昔から非常に重要で神聖な場所であったように思われる。

昨年暮れの十二月二十日、この由緒ある住吉神社での太太《だいだい》神楽の奉納を拝見する機会に恵まれた。

その起源を南北朝時代ともいわれる壱岐の神楽は、神職のみで行うという神楽本来の形を残しているものである。

午後二時。拝殿に神官十二名が着座。神楽に先立って、神々のお出ましを願い御供物を捧げ、祝詞を奏上する神事に続いて、〈神楽始〉を告げる厳かな笛・太鼓と共に、神を讃えて神歌が歌われ、〈荒塩舞〉によって舞殿や人々を祓い浄める。

〝神楽《かぐら》〟は神座《かむくら》の音が転化したものとされるが、演劇的要素の多い石見《いわみ》神楽などのように派手な衣裳でなく、烏帽子、狩衣姿の神官の奏楽はまさに〝神座〟の趣がある。

〈神遊舞《かみあそび》〉に移り、舞い手が持つ鈴を見ているうちに、先年高千穂の天岩戸神社でオガタマの大木を見て感動したことを思い出した。

枝々にびっしりと成り、辺りにもこぼれ落ちているオガタマの実のつき方が、神霊を招く採《と》り物の鈴とそっくりの形だったから。

オガタマという木の名も〝招霊《おぎたま》〟が転じたものと知って、〝やまとことば〟の奥深さをあらためて感じたことも。

さらに〝あそび〟という言葉は、今では娯楽遊芸の意味で使われているが、古代の日本では〝あそび〟とは「タマシヅメ・タマフリ」のための行事であった。

それ故に、神座に神の霊《たま》を招き、鎮め、霊の力を振り起こし、それに触れるために楽を奏し、歌い舞う神楽は「神あそび」と呼ばれていた。

のびやかな歌、楽の音につれ、次々に〈弊舞《へい》〉や〈注連舞《しめ》〉、〈榊舞《さかき》〉、〈篠舞《ささ》〉などが優雅に舞われるが、採り物の御幣も榊も神の依《よ》り代《しろ》であり、舞い手はそれによって神の力をその身に亨けて舞う。

直面《ひためん》が多い壱岐神楽の中で、カラス天狗のような黒い面をつけた〈八咫烏舞《やたがらす》〉は、神《かむ》倭《やまと》伊波礼毘古命《いわれひこのみこと》（神武天皇）の東征の折、八咫烏が道案内をして、神武を勝利に導いたという記紀神話によるものである。

欅掛けのヤタガラスが杖を手に、ユーモラスな身のこなしで舞い、囃子も熱気を帯びてくると、おのずと神楽の世界にひきこまれてゆく。

特に心惹かれたのは、宮殿を褒め讃える〈殿保賀比《とのほがひ》〉と、酒の徳を寿《ほ》ぐ〈酒楽＝酒保賀比《みきほがひ》〉で、共に言霊《ことだま》の信仰によるものである。

中でも〈酒楽〉の歌は『古事記』に、神功皇后が皇太子（応神天皇）の無事を祈って造った酒をすすめられた時の歌があるが、そのままの詞《ことば》である。

この御酒《みき》は　わが御酒ならず
酒《くし》の司《かみ》　常世に坐《いま》す　石《いわ》立たす
少名《すくな》御神《みかみ》の　神寿《かむほ》き　寿き狂ほし　豊寿《とよほ》き　寿《ほ》き廻《もと》ほし
献《まつ》り来《こ》し　御酒ぞ　あさず食《を》せ　ささ

何と優美で力強い言葉のリズムだろうか。

今の私たちの生活では、酒は日常的な飲物になっているが、古代人にとって、酒は不思議な霊力を持つもの「酒《くし》＝奇《く》し」であって、それは神からの賜物であり、また神への捧げ物でもあった。

そして私たちの祖先は、言葉を神聖なものと考え、「寿《ほ》く＝言寿《ことほ》ぐ」というように、そこに宿る霊力によって繁栄や幸を願い、言霊を信じ大切にしてきたのだ。

白い木綿襷《ゆふだすき》を手に、白衣に水色の袴で〈二剣舞〉をさわやかに舞う若き神官。紙を巻いた剣一振を口にくわえ、両の手に持つ剣で邪を切り四方を浄める真剣な眼差。両手の剣の刃先を下腹に当ててそのまま宙返りする技に、人々はハッと息を呑み、忽ちに拍手が起こる。

激しくなる舞の動きにつれ囃子もテンポを早めて、太鼓の響きがズン、ズン、ドン、ドン、と私の身体にも直に伝わってくる。

拝殿いっぱいに繰り広げられているようなその舞も、すべての舞は、実は方一間（畳二枚）の内だけで舞うしきたりである、と聞いて驚く。

剣の舞に魅了されたところで、一時間程の休憩となる。

「太宰府の方々もこちらへどうぞ」とお招きを受けて、暖かい部屋でお振舞に与った。御神酒やおいしいお料理の数々に、身も心も解きほぐされて、何とも幸せな心地であった。

〈四弓舞〉、〈折敷《おしき》〉へと曲目が進むにつれて辺りは暗さを増し、夜空に黒々と枝を伸ばしている大楠の梢に冬の月が冴え渡っていた。

壱岐神楽には静かな舞が多いが、〈神相撲舞〉では二人の舞手が襷舞の後に、互いに取り組む技舞《わざまい》が見事であった。

背中合わせで交互に車輪のようにくるくる回ったり、背負い投げのような技、また「ヤッ」と相手の肩に飛び乗ったりと、ダイナミックな技の連続にハラハラし圧倒された人々の間から盛んに拍手が湧いた。

もともと相撲は神に捧げる神事であるが、何年か前に中津市の古《こ》要《ひよう》神社で傀儡《くぐつ》舞の「神相撲」を拝見したことがあった。

それは、素朴な木の人形を操る傀儡の相撲で、西方の住吉の神が実に小さな身体にもかかわらず、東西に分かれての勝抜き戦で東方の猛者を次々と押し倒して、遂に勝ち名乗りをあげる話である。

住吉の神さまは、きっと相撲が大好きで、とても強い神さまなのであろう。

勇壮な〈神相撲舞〉の後、厳粛な〈湯立《ゆたて》神事〉が始まる。

拝殿脇に設けられた、篠竹を立て注連を張った斎場では、釜の湯が沸いている。

夜のしじまに、祝詞の声は重く静かにたゆたい、薪のはぜる音が闇を切り裂く。

寒風に煽られて湯のたぎる音は、何か遠い唸りのように聞こえた。

それは、この斎庭《ゆにわ》の遙か彼方から、また、地の奥底から響いてくるようだった。

それは、天地《あめつち》の初め、生まれ出た神々の叫び、どよめき。

そして、原始の太古の森に生きていた動物たちの咆哮《ほうこう》。神の庭の深々とした闇の奥で、森羅万象のいのち、霊《たま》が一斉に甦り、立ち上がり、ひたひたと押し寄せ社を囲んでいた。

祝詞がすむと、神官が笹束を釜に浸し、周囲の人々に湯をふりかける。

神聖な湯花の祝福を受ける人々の柏手の音が鳴り響く間、拝殿では下ぶくれの愛らしい女面をつけた舞手が〈御湯舞《みゆまい》〉を楚々と舞う。

壱岐では太太神楽を「磐戸《いわと》神楽」とも呼び、天の岩戸の神話をテーマにした〈磐戸〉の曲を重く扱っている。

よく知られている岩戸の神々、「思兼命《おもいかね》」、「太多女命《ふとため》」（太玉命《ふとだま》）、「於屋根命《おやね》」（児屋根《こやね》命）、「手力男命《たぢからを》」、「阿知女命《あぢめ》」（宇豆女命《うづめ》）が現れて舞い歌うが、他の地方の神楽に多い演劇的な岩戸開きのシーンとは異なって、実に簡素な舞である。

いよいよ神楽も終りに近く、面を着けた「猿田彦」が御幣と榊を背に差し、太刀を佩《は》き杖を持って力強く舞う。

ギョロリと目をむいた猿の面は、恐ろしいというよりむしろ愛嬌がある。

そこへ細面の美女の面を着けた「阿知女命」が軽やかに舞い出でて、天孫降臨の際の猿田彦との問答の段〈天八衢《あめのやちまた》〉を優雅に舞う。

猿田彦が太刀を抜き、剣の舞になると、太鼓、笛はさらにテンポを早め、一気にクライマックスへと上りつめる。


神楽の最後は〈八散供米舞《やちくま》〉で、剣によって悪霊を切り払い、三宝に盛った米を撒く〝うちまき〟の舞によって諸々の邪気を払い浄めて舞い納めとなる。

この後に餅や菓子が撒かれると、皆がそれを拾って福に与ろうと急に賑やかになる。

午後九時過ぎ、太太神楽が無事奉納された社を、神あそびの余韻と灯籠の灯りがやわらかく包んでいた。


翌日の帰途、眼下に広がる瑠璃色の海に浮かぶ壱岐の島を見て、こんなにも美しい島が常に歴史の荒波に揉まれ、度々の異賊の襲来による悲惨極まりない受難の地であったことを思い、感無量であった。

この小さな島には、式内社が二十四座あり、また百五十もの社があると聞く。

遠い昔から、きびしい自然と過酷な歴史にさらされた人々は、島の至るところ津々浦々に神を祀り、神に祈り、神を信じて生き、神々に守られて暮らしてきた。

そうした島の人々の心、神々への篤い念《おも》いによって、壱岐の神楽は今に受け継がれているのであろう。

今も瞼を閉じると、島で出会った人たちのおだやかな物腰と笑顔が浮かび、あの夜の神あそびの歌の韻律がよみがえる。

悠《はる》かな時を経て伝えられた魂の調べを静かに奏でるように。

オガタマの木

高千穂（宮崎県西臼杵郡高千穂町）は「竺紫《つくし》の日向《ひむか》の高千穂」と『古事記』に記され、ニニギノミコトが天降られたという神話の里である。

それで、町には神話に因む地名が多く、町中が神話劇の舞台のようである。さらに、毎年十一月末から二月まで、夜神楽の奉納が行われることでも有名である。

晩秋の頃になると、私は、長い間の願いが叶って、神楽宿で高千穂神楽の醍醐味を充分に味わった日のことを鮮やかに思い出す。

夜を徹しての三十三番の神楽で、神話の神々や四方《よも》の神々の舞は、清々しく、また躍動的で緊張感に溢れていた。

太鼓が鳴り響く神楽宿は、夜の更けるにつれ見物の人で埋まり、カッポ酒や煮しめが振舞われて、神楽気分は一層盛り上がってくる。

息を呑むような激しい舞もあれば、見物を巻きこんでの爆笑、嬌声の賑やかな一番は、神人共楽・共和の世界そのものの具現。

夜更けと共に強まる寒気と眠気に耐えているうちに、いつしか夜が白みはじめ、力強く舞うタヂカラオノミコトが、天岩屋の戸を取り投げたその時、ピーンと張りつめた冷気を貫いて朝の光が射しこんできた。

高千穂神楽の神髄は、まさしく清浄な光そのものであり、この光のためにこそすべての舞はあるのだと感じ、私たちの祖先がずっと抱き続けてきた「日の神」への畏敬の念《おも》いが私を満たした。

神楽の翌日、忘れられない出逢いがあった。

「天岩戸神社」は、アマテラスオオミカミを祀る社で、岩戸川を挟んで、東本宮と西本宮がある。

西本宮の境内で、見事なオガタマの木を見上げ、枝々にびっしりとついた果実を見たとたん、「あっ、鈴!!」。

初めて目にしたその果実は、不思議なほど神楽の採り物の鈴にそっくりの形だった。

高千穂では、アメノウズメが天岩屋の前で、神がかりして舞った時、持っていたのがオガタマの実だったといい、それが神楽鈴の起源とされ、ウズメの舞が神楽の始まりと伝えられている。その故にか、オガタマは町の木となっている。

オガタマノキはモクレン科の高木で、二〇メートル程にもなる。その常緑の葉は、榊と同じく神前に捧げる玉串として用いられ、神社に植えられることが多い。

早春に、コブシに似た小さな花をつけ、芳香を放ち、晩秋になると固い果皮が割れて中から紅い種がのぞく。

「オガタマ」の名の由来は、神霊を招く意味の「招霊《おきたま》」が転じたものとする説が一般的だが、他に「御賀玉」とか「小香玉」とか、古来いろいろな説がある。

ところで、神話の「天岩戸」は西本宮の川向こうにある巨大な洞窟で、生い茂った樹々に囲まれ遙かに拝むのみである。

こちらの川岸には、神々が集まって相談したという「天安河原」の洞窟がある。


風が吹く。遠く、鈴が鳴る。オガタマの鈴の音が。

古《いにしえ》のことを記《しる》せる書《ふみ》の中から、神々が一斉に立ち上がった。

闇を引き裂くような長鳴き鳥の声。

アメノウズメは、天の香具山の蔓《かずら》で身を飾り、艶めく美しい肌もあらわに舞う。

高く掲げたオガタマの鈴の音を響かせての忘我のエロチックな舞に、八百万の神々のヤンヤと喜び笑う声は辺りを揺るがす。

やがて、アマテラスは再び姿を現し、光は隈なく満ち溢れ、天地《あめつち》に轟く神々の歓喜の声。

樹々が黄葉《もみじ》・紅葉《もみじ》する山々を駆け廻り、狩をする神々の雄叫びが山に谷にこだまする。

渓流の岩を飛び越え、魚《いお》を突く神。

軽々と木によじ登り木の実を採る若き神。

生と死は、いつも隣り合わせ。堂々と悪意をあらわす神。策略をめぐらし、ライバルに立ち向かう神。

だが、試練を乗り越えようとする者には、優しさと蘇りもその傍らにあるはず。

生き生きと動き、口々に語ってくれた神々の像に古代人の姿が重なる。

憎悪も愛情もたっぷりと心に抱き、怒りも喜びもあらわに生きた人間の姿である。

――いやいや、そのような、こむずかしい理屈は無用、無用じゃ。

我々は、こうして朝ごとに日の女神を拝み、夜は月の光に守られて眠る。

それだけで、もう充分ではないか。

な、そうは思われぬか。ん？　ん？

やれやれ、何とも難しい世じゃのう。


ふっと、風が止み、鈴の音は消え、神々はまた古の書の中へと戻っていった。

花に逢う

春一番が吹いたあと、私の家の近くから見る四王寺山の岩屋城址の辺りに、かすかに薄紅色の霞が立ち昇っているのが見える。

裸の桜木たちが、うるんだ空に精一杯手を伸ばし、その細い指先の花芽に次第に満ちてくる生命《いのち》の色である。

その頃になるといつも私の心は落ち着かない。

もう何年も前のこと。

両親の墓のある多磨霊園（府中市）は、花吹雪の中だった。

見事なしだれ桜は、天の花傘のように連なり、降りそそぐ花びらの仄かに優しい色。

掌に受けた花びらの意外にあたたかな湿り。一面に散り敷いた花びらの道を風が吹き渡ると、薄紅《くれない》のさざ波が立つ。

世にある時には、いくらかの諍《いさかい》も怒りも涙もあったはずの父と母も、この花の波の下で、ただ静かに笑み交わしているのだろうか。

この日、桜は幽明の境を突き抜け、春の光の中に、逝きし人と喪いし者の魂を共にさやさやと揺らし、あたたかに降りそそいでいた。

また、ある年の春。

いわゆる名所の桜にはあまり興味のない私だが、突然、無性に根尾谷（岐阜）の「淡墨《うすずみ》桜《さくら》」に逢いたくなった。

男大迹《おおど》王（継体天皇）のお手植えという古い謂《いわれ》のある桜である。

樹齢千五百年と伝えられる桜の何という存在感！

風雪に耐え、幾度もの枯死の危機を多くの人々の助けで切り抜けてきたその桜は、山姥のような妖しさと女神のような神々しさを漂わせて、どっしりと腰を据えていた。

しかしまた、この巨樹の花が実に繊細で愛らしいのにも驚く。

盛りを過ぎた花は、折からの風に落花の舞を見せ、山の木々を渡る風の色に、花曇りの空の色に染められる。

花の盛りは白く、散りぎわには淡い墨色になるという淡墨桜は、花の、散ることの美を愛でる心ばえの象徴のようにも思える。

この辺り一帯の桜も満開で、根尾谷は花霞に包まれていた。

桜の園から北を望むと、まだ雪を戴いている山、能郷白山《のうごはくさん》が聳えている。その麓の「能郷」の集落に白山神社があって、毎年四月十三日の祭礼に能・狂言の奉納が行われる。

幸運にも、淡墨桜に逢ったその日のことであった。

「能郷」という珍しい名が示すように、この里では中世以来、猿楽衆十六戸が世襲で、能・狂言を伝えてきたが、現在は過疎化の影響もあって、地区全体で支えているそうだ。

山に抱かれ、深々とした木立に囲まれた社の真新しい能楽堂。銅《あかがね》の屋根が眩しい。

「とうとうたらり、とうたらり」の謡で始まる『式三番《しきさんば》』。

露払い役の千歳《せんざい》の鄙びた舞の所作。

国土安穏・五穀豊穣を祈る「翁」の舞は、ゆったりとおおらかな神の舞。

中世の猿楽の面影を残し、数百年もの間、口伝《くでん》によってのみ伝えられたという能郷の能には、何とも言えない素朴な味わいがあった。

狂言も、現在の狂言の雰囲気とはかなり違っていて、おっとりのんびりした遣り取りを聞いていると、山深い里の人々の暮らしが、そのぬくもりが感じられた。

根尾の里の春の夜更け。
月明かりに浮かび上がる二つの影。
翁は、白山の山の神。貴《あて》なる輝きの銀《しろがね》の装束で荘重に舞う。
沈んだ白が不思議な翳《かげ》りを見せる衣で舞う淡墨の桜の精。

袖口にふとこぼれる蘇芳《すおう》の色の艶めかしさ。
花の精が、舞扇を高くかざすと……
あ、雪……
おぼろな月の光の中から、次々に溢れ出で、舞い乱れる、雪かと紛《まご》う白い花びら。
千年の余を咲き続け、散った花の生命が、今、甦る。
夜をこめて降り積む花吹雪の野に、厳かに舞い続ける翁の姿。
たおやかに、あでやかに花の山姥の相舞《あいまい》。
それは、生と死を遙かに超えて在り続ける、生き続けようとする生命の激《たぎ》り。
それは、山に宿り、木に棲む大いなるものの力であり、大いなる意思のようであった。
たしかに、あの日、私は花に招《よ》ばれていた。

初出一覧

＊号数・発行年月のみは『都府楼』（財団法人古都大宰府保存協会）掲載分

I　梅が香に

鬼すべ	3号	昭和六二（一九八七）年三月
梅が香に	33号	平成一四（二〇〇二）年三月
椿の寺	36号	平成一七（二〇〇五）年三月
弥生の宴	15号	平成五（一九九三）年三月
花と散りにし	37号	平成一八（二〇〇六）年三月
観世音寺	4号	昭和六二（一九八七）年九月
楝の花は		書き下ろし
光明寺	2号	昭和六一（一九八六）年九月
白　藤	18・19号	平成六（一九九四）年一一月
千燈明	1号	昭和六一（一九八六）年九月
榎　社	6号	昭和六三（一九八八）年九月
からすうり	22号	平成八（一九九六）年一〇月
溯　る	9号	平成二（一九九〇）年三月
薪　能	7号	平成一（一九八九）年三月
戒壇院	5号	昭和六三（一九八八）年三月

踊り子草	21号	平成八（一九九六）年三月
銀　杏	38号	平成一八（二〇〇六）年一二月
紅葉夢幻	24号	平成九（一九九七）年九月

Ⅱ　風のいろ

風のいろ	8号	平成一（一九八九）年九月
花　神	30号	平成一二（二〇〇〇）年九月
菜の花の詩	27号	平成一一（一九九九）年三月
讃岐の浦島太郎	28号	平成一一（一九九九）年一〇月
たんぽぽ	40号	平成二〇（二〇〇八）年一〇月
子安の木　子安の石	39号	平成一九（二〇〇七）年一二月
桃太郎と鬼	17号	平成六（一九九四）年三月
讃岐の桃太郎	26号	平成一〇（一九九八）年九月
うみてらし	20号	平成七（一九九五）年八月
野の老	29号	平成一二（二〇〇〇）年三月
月見草	34号	平成一五（二〇〇三）年三月
天神さまの細道	14号	平成四（一九九二）年九月
木槵樹	32号	平成一三（二〇〇一）年九月
神あそびの島	23号	平成九（一九九七）三月
オガタマの木	35号	平成一五（二〇〇三）年一二月
花に逢う	31号	平成一三（二〇〇一）年三月

あとがき

昭和六十一年（一九八六）に「古都大宰府を守る会」（当時）の機関誌『都府楼』が創刊された。その際、森弘子さんが「エッセイを書いてみませんか」と声をかけて下さった。それから年に一、二回のペースで書き続けて、いつの間にやら二十二年。

今回、エッセイ集としてまとめることになって、あらためて読み返しているうちにハッと気がついた。これらは、私が書いたというよりも、何かが私に書かせてくれたものだと。

花に逢い、人に逢い、その悦びに心ときめき、あふれる想いのままに書かせてもらった有難さ。ここ太宰府を終《つい》の住処《すみか》として、多くの出逢いに恵まれた有難さ。

引っ込み思案だった私に、すばらしい方たちとのご縁をさりげなく結んで下さった中島伊佐子さん。太宰府の語り部として、また花々との逢瀬にも、度々お力を貸して下さった八尋千世さん。

「月見草」のO先生こと、長田武正先生。植物のあれこれについてお尋ねする度に、いつも優しく教えて頂いた。——先生、あの月見草の種を友人たちにおすそ分けしたので、今は「長田先生の月見草」があちこちで咲いていますよ。

佐々木哲哉先生。『太宰府市史・民俗資料編』（平成五年発行）の一部の調査、執筆を担当

した時に、先生のご指導を受けたのがきっかけで、民俗に関する様々なことへの眼を開かせて頂いた。「Ⅱ　風のいろ」では、伝説や昔話についてのエッセイがいくつかあるのも、そのお陰である。

まほろばの里と呼ばれる太宰府は、古代から日本の国の要衝であった。この地に住んだことによって、歴史の面白さも少しずつわかってきた。子供の頃は、教科書の丸暗記のような歴史は苦手だったのだが。

一時期は、市の史跡解説員をつとめたこともある。そのご縁で、多くの先輩や仲間との楽しく充実した時を持つことができた。

その頃の思い出を一つ。韓国の女性を都府楼跡に案内した折のことである。

まだ何も話をしないうちに、彼女は、都府楼跡の広場の真ん中まで行くと、大きく両手を拡げ、深呼吸をして言った。「ああ、ここには〝気〟があります」

——気？「はい、私は、はっきりそれを感じます。この〝気〟は、私の故里で感じる〝気〟と同じです」。私はびっくりした。そして、背後の四王寺山のこと、朝鮮式山城の大野城について簡単な説明をした。

彼女は深く頷きながら〝気〟の中に立っていた。

その時私は、一口に「歴史」という言葉で括ってしまうことのできないものを、その深さ、不思議さを初めて感じた。

このエッセイ集には、もう一つのかくれたキー・ワードがあるのに気がつかれただろうか。それは〝鬼〟。「天満宮の鬼すべ」以来、私はずっと鬼にこだわり、鬼を追いかけている。日本の歴史・文化・民俗の中に〝鬼〟の影がちらついているのが見えてきたのだ。やがて私は各地の祭りを訪ね、そこに伝わる民俗芸能の面白さの虜になった。それらの探訪記も、いずれ一冊にまとめたいと思っている。

いつも何かとお力添え頂いている森弘子さんは、お心のこもった序文を寄せて下さった。題字は松尾敦子さんにお願いした。松尾さんの、しなやかで凛とした筆の跡がずっと前から好きだったので。

『都府楼』の編集の方々も二十二年の間には何人も交代されたが、辛抱強く付き合って頂いたことに感謝している。

いざ、エッセイ集としてまとめる段になって、少々気後れしていた私を「もったいないですよ」と後押しして下さった海鳥社編集長の別府大悟さん。別府さんとの出逢いにも感謝！楽しみながら書いたエッセイを、読んで下さる皆さんにも楽しんで頂けたら……と願いつつ。

平成二十一年 十月

髙瀬美代子

髙瀬美代子（たかせ・みよこ）
1931年生まれ
太宰府市在住
児童文学「小さい旗」同人
著書　詩集『仲なおり』銀の鈴社，1994年
　　　詩集『オカリナを吹く少女』銀の鈴社，2006年
西日本文化協会の会誌『西日本文化』に民俗芸能のエッセイを執筆中

梅《うめ》が香《か》に

■

2009年10月20日 第１刷発行

■

著者　髙瀬美代子
発行者　西　俊明
発行所　有限会社海鳥社
〒810-0072 福岡市中央区長浜３丁目１番16号
電話 092(771)0132　FAX 092(771)2546
印刷・製本　有限会社九州コンピュータ印刷
ISBN978-4-87415-745-9
[定価は表紙カバーに表示]